KB060116

커피를
좋아하면
생기는
일

커피를 좋아하면 생기는 일

서필훈 지음

문학동네

프롤로그

내가 만든 우주

좋아하던 것을 직업으로 삼는 일만큼 행복하고 동시에 불행한 선택은 없을지도 모른다. 나는 커피가 가진 마력에 영혼을 사로잡혔던 순간을 똑똑히 기억한다. 그 열락의 순간은 지금도 황홀함과 회한을, 칭송과 탄식을 동시에 불러일으킨다. 안암동 보헤미안에서였다. 당시 나는 이미 가망 없는 커피 중독자 신세였다. 하루는 평소대로 주문한 커피를 받아들었는데 그날따라 왠지 모를 사악한 기운이 확연했다. 강하게 볶은 원두를 융 필터로 진하게 내린 커피였는데 흔치 않은 노란색 잔에 담겨 있었다. 커피는 육수처럼 걸쭉하고 표면에는 기름이 둥둥 떠 있고 색깔은 검다 못해 보랏빛이 감돌았다. 나는 잠시 머뭇거리다가 한 모금 마셨는데 그걸로 끝이었다. 호로록 쩝쩝. 나는 인생을 들이켰다. 그리고 다시는 그 커피를 마시기 이전으로 돌아갈 수 없었다. 얼마 후 나는 무엇에라도 홀린 듯, "여기서 일하게 해주세요"라고 보헤미안 점장님께 말하고 말았다. 그로부터 16년이 흘렀다.

허술하게 살고 있다. 좋은 재료를 구한답시고 커피 산지를 떠돌고, 품질을 높여야 한답시고 볶아놓은 원두 앞에서 늘 안절부절. 사장이랍시고 직원에게 일장 훈계를 늘어놓지만 나나 잘해야 한다는 것을 진작부터 알고 있다. 장사꾼이랍시고 매출 계획을 세워보지만 사실 나는 손님들이 운과 기적의 영토에 사는 신비한 족속이라고 믿는 편이다. 많은 것을 쉽게 규정하고 단정했던 지난 삶을 부끄러워하기도 버거운데 아니, 책이랍시고 뭔가를 또 써내기로 하다니.

아무튼, 앞으로 이어질 글에서는 커피로 돈 좀 벌어보려고 좌충우돌하고, 일도 삶도 뜻대로 되지 않아 아등바등하던 기억을 주술로라도 불러 모으려고 한다. 막상 모아놓고 보면 이것이 내 기억이 맞나 싶기도 하다. '나는 무엇을 잊었나?'는 결코 답할 수 없는 질문이다. 알 수 없는 것은 알고 싶지 않다. 별수 없이 허술하고 긴가민가한 글일 테고, 보나 마나 커피 얘기다.

2020년 12월

서필훈

0
차례

2부 내가 만난 커피의 얼굴들

3부 유배 일기: 코로나 시대의 커피 장사꾼

—

1부

좋아서
하는
일

커피와 고고학과 연금술

나는 커피를 볶고 내리는 일을 한다. 다니던 대학원을 그만두고 커피 일을 하겠다고 부모님께 말씀드렸을 때, 어이가 없으셨는지 반대도 하시기 전에 "커피 일을 한다는 게 대체 무슨 소리냐"고 묻기부터 하셨다. 아무리 설명을 드려도 당신들에게 내가 하려는 일은 '커피숍에서 커피를 타는 일'일 뿐이었다. 커피라고는 평생 커피믹스 외에는 드셔본 일이 없는 분들이다. 집안 대소사에 일절 얼굴을 내밀지 않는 나의 근황을 궁금해하는 친척들에겐 내가 미국으로 유학을 갔다고 둘러대기 시작하셨다. 차마 내가 '커피 탄다'고 말하기는 싫으셨나보다. 커피 공부를 한답시고 미국에 자주 가긴 했다. 미국의 커피숍들로.

대학교 4년은 지지리도 시간이 안 가더니, 학교 앞 커피숍에서 일하며 보낸 5년은 빨리도 지나갔다. 독립해서 궁색하게 차린 커피 공방이 몇 년 만에 기적같이 주식회사로 성장했는데, 돌이켜보면 모두 빚의 힘이었다. 회사의 이름은 커피리브레다. 늘어난 직원들과 불어난 회사의 몸집을 위해 대출을 받아야 할 때마다 회사의 청사진에 대해 멋지게 설명해야 했는데 대출 담당자는 매번 부모님과 비슷한 표정을 지었다. 내가 하려는 일에 대한 그럴듯한 비유가 절실했다. "음, 우리가 하려는 커피 일이란 말이죠……"

고고학자와 연금술사처럼

우리는 커피를 즐겨 마시지만 정작 그 커피에 대해 아는 것은 많지 않다. 브랜드와 주문한 메뉴 이름 정도를 알 뿐이다. 그러나 나는 언젠가부터 마치 고고학자처럼 커피 한 잔이 만들어지기까지 기여한 수많은 사람들의 얼굴을 찾아내고 복원해서 세상에 알리는 일을 하고 싶었다. 고고학자는 숨겨진 유적을 발굴해서 그 의미를 세상에 드러낸다. 그들은 산과 강으로, 정글과 사막으로 탐사를 떠나고 땅을 헤집는다. 고고학자는 잃어버린 시간을 되찾아 끊어졌던 이야기를 잇는 작가이자 오랫동안 잊힌 존재들의 얼굴을 복원하는 기술자다. 나도 그렇게 커피를 재배한 농부들부터 커피 가공소의 노동자, 커피를 항구까지 실어나르는 트럭 운전사, 항구 노동자와 배의 항해사, 커피를 볶는 로스터와 커피를 내리는 바리스타까지, 한 잔의 커피가 누군가의 손에 들리기까지 거기 담긴 모두의 얼굴을 '복원'해보고 싶었다.

매년 3~4개월은 좋은 커피가 날 만한 전 세계 커피 산지를 찾아다니고, 그곳 커피 생산자들을 만나 이야기를 듣는다. 커피를 기르고 판매하는 일부터 그들 가족과 일상에 대한 사연까지. 나도 모르게 귀가 솔깃하면 즉흥적으로 목적지를 변경해 맞은편 산을 넘기도 하고 당나귀를 얻어 타고 험지에 들어서기도 한다. 그러다 아주 가끔은, 알려지지 않은 외딴 산골 마을이나 아무도 기대하지 않던 장소에서 보석같이 빛나는 커피를 발견하기도 한다. 그러면 나는 이 커피를 어떻게 한국까지 가져갈지 행복하게 고민하기 시작한다. 남들 보기엔 다 똑같이 생긴 작은 커피 한 알이 내겐 커피 생산자와 그 가족, 커피밭과 그 뒤편의 풍경, 먼지 자욱한 비포장길이 아로새겨진 귀한 유물처럼 여겨지기 시작하는 것이다.

근대 과학의 토대를 마련한 뉴턴은 30년 넘게 연금술 연구에 매진했던 진지한 연금술사이기도 하다. 그는 자신의 지하 실험실에서 두문불출하며 때로는 식음까지 전폐하며 매일같이 금을 만드는 연구에 몰입했다. 그는 연금술에 대한 방대한 연구 기록을 남겼는데 뉴턴의 원고를 대량으로 수집했던 경제학자 케인스는 "뉴턴은 이성의 시대 최초의 인물이 아니라, 최후의 마술사였다"라는 말을 남겼다. 중세 유럽의 연금술사들은 수은이나 납으로 금을 만들려고 했다. 물론 실패했지만 그들의 연구와 열정은 서양 과학 발전에 크게 이바지했다.

'스페셜티커피Specialty Coffee'라는 새로운 장르가 이제 막 미국을 중심으로 시작되었을 때, 나는 보헤미안이라는 서울 안암동의 카페에서 바리스타와 로스터로 일하고 있었다. 스페셜티커피는 국제 기준의 관능官能평가 점수 100점 만점에 80점 이상을 받은 커피를 가리킨다. 대략 전 세계 커피 생산량의 7퍼센트 정도가 스페셜티커피 등급으로 거래되고 있다. 커피 역사에 새로운 조류가 탄생하며 벌이는 도전을 인터넷으로 엿보고 응원하며 한편으로 부러워했다. 나도 언젠가는 한국에서 스페셜티커피를 펼쳐보고 싶었다. 하지만 경험도, 돈도, 배울 곳도, 이끌어줄 사람도 없었다. 한마디로 가망이 없었다. 그때 처음으로 연금술사를 떠올렸다. 그들의 실패가 마침내 반짝였다는 것을. 그들의 사후에야 비로소 그들의 열망이 빛을 보긴 했지만. 매일 실패하더라도 30년 정도는 매일 희망해볼 수 있는 삶이라니, 꽤 그럴듯해 보였다. 나는 신묘한 실패자들의 뒤를 좇기로 했다. 연금술사들이 금을 만들려고 했던 것은 당시 금이 가진 높은 가치 때문이었다. 그들은 결국 가치를 만들고 싶었던 셈이다. 그러면 커피의 가치는 누가 만들고 가치는 어떻게 더해지고 고이 전달될 수 있을까? 나도 가치를 만들고 싶었다.

산지에서 발견한 훌륭한 커피는 이미 충분한 가치를 지니고 있다. 하지만 커피는 농산물이다보니 가공, 운송, 포장, 보관, 신선도 모두 품질에 큰 영향을 미친다. 커피가 이 모든 과정에서 손상되지 않도록 연구하고 세밀하게 관리해야 한다. 커피 생두를 요리하는 과정이라고 볼 수 있는 로스팅과 추출도 커피의 가치를 좌우한다. 커피 생두는 자란 환경에 따라 모두 다른 물리적 특성과 맛을 지녀서 섬세하게 '요리'하지 않으면 그 빛을 잃는 것은 순식간이다. 우리의 로스팅과 추출 기술이 부족해서 생산자의 커피를 망치는 일이 없을까 늘 조바심을 낸다.

또하나, 상품으로서 커피를 고객에게 어떻게 전달할 것인가가 중요하다. 시장은 야릇한 곳이어서 본연의 품질이나 가치보다 포장과 브랜드, 유행에 따라 판매가 좌우되는 경우가 많다. 이쯤 되면 나는 마음이 급해지고 억울한 마음마저 든다. '이 커피가 생산자가 얼마나 고생하면서 키운 맛있는 커피인데 이렇게 몰라주다니!' 다 내가 부족한 탓이다. 커피가 더 높은 가치로 받아들여질 수 있도록 매력적인 디자인과 스토리텔링, 차별화된 정보와 고객에 귀기울이는 노력이 필요하다. 가끔은 커피의 가치를 보존하고 우리가 거기에 가치를 더하는 이 모든 일에 연금술 정도가 아니라 마법이 필요한 것 같다는 막막함이 들기도 한다. 그러다가 흙에서 보석 같은 커피를 만들어내는 진정한 연금술사인 커피 생산자의 노고가 떠오르면 한 번 더 힘을 내보자고 되뇌게 된다.

'뉴턴도 실패했다는 연금술이니까 내가 조금 못해도 괜찮아.'

메신저의 역할, 미디어의 일

헤르메스는 그리스신화에 나오는 전령의 신이다. 메신저. 날개 달린 신과 모자가 그의 상징이다. 헤르메스는 신과 인간, 천상과 지옥을 오가며 소식을 전한다. 요즘 같으면 인터넷과 스마트폰의 신일 것이다. 어쩌면 그렇게 커피 생산자와 소비자 사이에 우리가 있다. 오랫동안 대부분의 커피 생산자들은 거개 자신이 기른 커피가 어디로 팔려나가고 어떻게 한 잔의 커피가 되는지 알 수 없다. 중간상인이나 수출업체에 커피를 넘기면 그걸로 끝이다. 자신이 1년 동안 기른 커피의 품질이 어떤지 알 수 없고, 시세는 이미 국제 커피 거래

가격을 기준으로 결정되어 일방적으로 통보받을 뿐이다. 소비자 또한 커피를 마시면서 커피의 유래에 대해 전혀 알 수 없다는 점에서 한 치 앞을 볼 수 없는 생산자와 비슷한 처지다.

나는 생산자와 소비자가 서로 철저하게 단절된 게 이상하기만 했다. 그사이를 잇는 메신저이고 싶었다. 생산자를 만나면 이렇게 말한다. "작년에 이곳에서 구매한 커피를 한국에 가져가 볶았습니다. 그리고 서울에 있는 커피숍의 바리스타가 에스프레소 기계로 커피를 내려 당신 농장의 이름으로, 당신 사진과 함께 고객에게 커피를 판매했습니다. 고객들은 커피가 가진 풍부한 맛과 부드러운 느낌이 좋았다며, 당신에게 올해도 좋은 커피 부탁한다는 말을 전해달라고 했습니다."

고객들에게는 이렇게 말한다. "지금 손님께서 마시는 커피는 저 사진 속 생산자가 카투아이 품종을 기르고 자연건조 방식으로 가공해서 보내온 커피입니다. 뒤편 나무에 열린 빨간 열매가 보이시나요? 그 열매가 지금 당신의 컵에 담겨 있습니다. 생산자가 손님께 감사의 말을 전해달라고 했어요."

생산자가 자신의 노동으로부터 소외되지 않고, 소비자가 자신의 소비 행위가 가진 힘과 가치에 귀기울일 수 있게 이어주는 쌍방향 메신저의 일. 내가 꿈꾸는 소통이다.

커피리브레는 커피를 로스팅해서 원두를 판매하고 매장에서 커피 음료를 제공한다. 굳이 업종을 따지자면 식품제조업·도소매업이다. 하지만 나는 우리 본업이 커피를 '발굴'해서 가치를 더하고 그것을 전달하는 일이라고 생각한다. 그런 점에서 이 일은 커피라는 콘텐츠를 만들고 커피를 매개로 한 미디어사업에 가깝다. 우리는 커피가 스스로 말할 수 있게 돕는 일을 하고 싶다. 언제나 그렇듯이 말은 참 그럴듯하고 쉽다. 하지만 돈 버는 일의 과정 하나하나는 늘 지난하고 속상한 일의 연속이다. 그 결과를 마주하는 것에도 큰 용기가 필요하다. 어려서부터 내 멋대로 살았다. 그런데 직원이 늘고 거래하는 산지 생산자가 많아지면서는 낯선 책임감의 무게를 느낀다. 그럴 때마다 『알하리리의 마카마트Magamat al-Hariri』에 나온다는 구절을 떠올린다. "날아서 갈 수 없는 곳은 절룩이며 가야 한다." 날 수 있는 사람은 아무도 없으니 결국 모두 힘들게 나아가고 있다는 뜻이다. 멋진 문장이다. 하지만 고백건대 힘들 때면 "나도 커피믹스나 마실걸 그랬어……"라고 중얼거리기 일쑤다.

커피리브레 과테말라 매장의 바리스타가 에스프레소 추출에 집중하고 있다.
생산자가 자신의 노동으로부터 소외되지 않고, 소비자가 자신의 소비 행위가 가진
힘과 가치에 귀기울일 수 있게 이어주는 쌍방향 메신저의 일이
내가 커피를 통해 꿈꾸는 소통이다.

그 모든 일의 시작

늘 그랬던 것처럼 밤늦게 로스팅을 끝냈고 여느 때와 똑같이 진공청소기로 로스터 주변을 청소했다. 곳곳의 전기 코드와 가스 밸브를 일일이 확인하고 아무 일 없다는 듯 전원을 내리고 출입문을 잠갔다. 그게 보헤미안에서의 마지막이었다.

학교 앞에 있던 커피집 보헤미안에 처음 간 것은 학부생 때 선배 따라서였다. 선배가 커피 맛이 좋은 곳이 있다며 나를 데리고 지하 계단을 내려갔는데 어둑한 분위기에 담배 연기가 자욱했다. 손님들은 대부분 교수로 보였고, 쓰고 진한 커피를 마셨던 기억이 지금 생각나는 전부다. 그러다 본격적으로 보헤미안에 드나들게 된 것은 군 생활 마지막 1년을 서울에서 근무하게 되어 학교 근처 자취방에서 출퇴근을 하게 되면서부터다. 처음에는 커피 좋아하는 친구를 따라 다니게 되었는데 자꾸 마시다보니 나도 모르게 '커피 맛'이란 것을 알게 됐고 그후로 헤어나오지 못했다. 거의 매일 갔다. 보헤미안 점장님은 학생이 돈이 어딨느냐며, 하루에 몇 번씩 오지 말고 원두 사다가 집에서 내려 먹으라고 커피 내리는 법을 간단하게 알려주셨다. 결국 보헤미안에 가는 횟수는 그대로인데 집에서도 커피를 마시게 되었다.

안암동 보헤미안은 박이추 사장님이 강릉으로 옮겨가기 전 십여 년간 운영하던 매장이었는데, 그의 제자였던 최영숙 점장님이 뒤를 이어 이름과 전통을 지켜나갔다. 경영은 독립되어 있었지만 보헤미안이라는 이름을 그대로 쓰는, 그리고 박이추 사장님의 원두를 받아 쓰는 유일한 매장이어서 점장님은 자신을 사장이 아닌 점장이라 불렀다. 보헤미안은 국내에서 좋은 생두를 구하기도 힘들고 커피 로스팅하는 곳도 전무하던 시절부터 맛있고 신선한 커피를 마실 수 있는 드문 곳이었다.

대학원을 휴학하고 간 군대에서의 짜증스러운 일과가 끝나고 나면, 세 들어 살던 진주 시내 옥탑방 건물 일층의 '월드횟집'으로 퇴근했다. 그곳에서 만끽했던 진주와 그곳 사람들을 떠올리면 나는 지금도 가슴이 설레고 따스해진다. 옥탑방 문을 열어놓고 누워 있으면 야트막한 마을 뒷산 너머로 해가 뉘엿뉘엿 넘어갔다. 서울에 두고 온 많은 것들이 조금도 생각나지 않았다면 거짓말이겠지만, 그 시간만큼은 행복으로 충만했다.

퇴근해서는 주로 횟집 형님 일을 돕고 배달도 다녔다. 손님이 남기고 간 맛있는 회도 걷어다 먹으며 희희낙락, 주말에는 물차 타고 삼천포 새벽시장에 고기 떼러 다녔다. 고기를 차에 다 싣고 시장 바닥에서 형님과 먹던 굴밥의 맛이란. 한번은 여름에 전어 떼러 시골의 작은 포구까지 찾아갔는데 전어잡이 배가 들어오지 않아 한참을 기다려야 했다. 형님은 포구 한편의 생선 말리는 평상 위에 쓰러져 바로 코를 골기 시작했고 나는 아무도 없는 널따란 포구에서 파도 소리에 귀를 기울이며 오래도록 서성였다.

고기 싣고 진주로 돌아오는 고속도로에서 갑자기 차가 선 적도 있다. 기름이 떨어졌다나. 바닷물에 많이 노출되는 물차는 계기판이 죄다 망가지는 일이 빈번했다. 간신히 갓길에 차를 세운 후 형님과 나는 1.5리터 빈 페트병 하나씩 들고 고속도로 갓길을 따라, 왔던 길을 되돌아갔다. 차들이 무섭게 달려들었고 형님은 저 앞에, 나는 멀찍이 뒤에서 터덜터덜 여름 해가 기울도록 걸었다.

휴게소 주유소에서 빈병에 기름을 채워 다시 트럭까지 돌아오는데 형님이 키득키득 웃었다. "훈아, 이 뭔 고생이고."

얼마 전 진주를 찾았을 때 형님은 그때 이야기를 웃으며 꺼내셨다.

"니 기억 안 나나? 훈아, 우리가 알고 지낸 지 벌써 15년이래이. 그때 군대 막 와갔고 설웠다 아이가. 네 나이 올해 몇이고."

어찌 잊겠습니까, 고속도로처럼 길게 누운 그림자를 만들던 그 여름 해를, 그리고 월드횟집 15년을.

차에 이삿짐을 가득 싣고 진주를 떠나오면서 가슴 먹먹했던 그때의 기분을, 진주에 갔다가 서울로 되돌아올 때마다 느낄 수 있었다. 고속도로를 타고 버스가 평거동과 남강의 불빛들을 빠르게 스쳐지나갈 때마다 나는 숨을 죽였다. 진주 사람들과 그곳에서 보냈던 몇 년은 내 인생의 가치와 지향을 바꿔놓았다. 행복이란 무엇인가? 어떻게 살 것인가? 직업으로서의 학문은 내게 무엇인가? 꼬리를 무는 질문들에 답을 만들어가다보니 어느 순간 삶의 방향을 대폭 수정해야만 했다. 요즘도 가끔 내려가 찾아뵙곤 하는 그리운 진주 사람들, 그들과의 관계는 책과 티브이에서 접하지 못했던 새로운 삶의 지평을 내게 열어주었다. 그래서 나에게 진주는 영원히, 그리운 진주다.

오랜만에 복학한 대학원은 역시나 무미건조했다. 그렇게나 재미있던 공부가 더이상 흥미롭지 않았고, 열심히 읽어내리던 논문들이 공허하게만 느껴졌다. 논문 주제를 바꿔봐도 재미없기는 마찬가지였다. 석사를 수료하고 본격적으로 논문 준비에 들어가야 할 무렵 나는 훌쩍 쿠바로 여행을 떠났다. 60여 일을 쿠바에서 지내며 만난 그곳의 사람과 정경은 내 오랜 미련에 확실한 종지부를 찍게 했다. "인생 뭐 있나, 재밌게 살자."

검게 그을린 얼굴로 돌아온 나는 논문 주제를 또 한 번 갈아엎는 무모한 짓을 벌였다. 내 석사논문 주제는 '쿠바혁명과 여성혁명'이었다. 더 공부를 계속할 생각이 없었기 때문에 내가 정말 쓰고 싶은 주제로 빨리 논문 쓰고 졸업하는 게 목표가 됐다. 한편으로 논문을 쓰고 다른 한편으로는 새로운 직업으로 택한 일식 조리사를 준비했다. 일식 조리사 자격증을 따면 진주에 내려가 형님 일을 도우며 살 요량이었다. 일식 조리사 학원에 등록했다. 자격증 대비반이어서 옆으로 매는 스포츠가방에 사시미칼 두 자루와 스테인리스 계량컵을 넣고 다녔다. 걸음을 옮길 때마다 짤그락대는 소리가 났다. 그 소리가 마음에 들었다. 책상머리 공부 아닌 진짜인 무언가를 시작한 것 같은 느낌이 들었기 때문이다.

막상 배워보니 일식은 형식미가 굉장히 중요했는데 멋대로 자유분방한 내 기질과는 맞지 않았다. 자격증 실기시험날 출제된 요리는 하필 닭 버터구이였는데, 평소 닭고기를 일절 먹지 않는 나는 생닭에서 뼈를 칼로 발라내는 게 징그럽기만 했다. 그렇게 어물쩍대다 결국 닭뼈가 아닌 내 손가락을 발라내고 말았다. 심하게 벤 것은 아니었지만 도마에 떨어진 피가 마치 닭이 흘린 피 같았다. 그 순간 이건 내 일이 아니라는 걸 깨달았다. 시험 감독이 나를 보고 깜짝 놀라 상처에 감을 밴드를 갖다주며 시간 충분하니 빨리 응급처치하고 시험에 마저 임하라고 조언해줬다. 하지만 나는 이미 짐을 다 싼 상태였다. 그는 내게 시험 보다 말고 어디 가느냐고 신경질적으로 물었다. 나는 대꾸하지 않고 가방을 어깨에 들쳐 멨다. 계량컵이 사시미칼에 부딪히는 소리가 시험장 안에 낭랑하고 크게도 퍼져나갔다. 땡!

일식 조리사의 꿈은 그렇게 끝났다. 나는 곧장 보헤미안에 가서 커피를 주문했다. 다친 손가락은 쓰라렸지만, 가슴 한쪽이 후련해지는 느낌이었다. 커피가 그날따라 정말 맛있었다. 커피를 앞에 두고 의자에 삐딱하게 앉아 곰곰이 생각해보니 내가 커피를 꽤 좋아하는 것만 같았다. 점장님이 시험 잘 봤느냐고 물었다. 불현듯 커피 일을 해보면 어떨까 생각이 들었다. 그후 꽤 진지하게 고민했고 결심이 선 순간 주저 없이 점장님께 이야기를 꺼냈다.

"커피 일 배우고 싶은데 일을 좀 하게 해주세요."

그렇게 보헤미안에 들어가 5년 동안 커피를 배웠다. 결코 짧은 시간도, 긴 시간도 아니었다. 그러나 그 5년은 매우 농밀한 시간이었고, 내가 가장 열심히 살았던 나날들이었다. 지금 그렇게 돌이켜 생각할 수 있음에 감사한 마음뿐이다. 커피에 미쳐 지냈다. 하루 대부분을 커피 생각만 하고 커피 공부를 하며 지냈다. 밤에는 외국의 커피 책과 논문 자료를 쌓아놓고 뒤적였고 낮에는 카페 주방과 로스터 앞에서 보냈다. 매일 공부해도 공부할 것이 늘어만 갔다. 오히려 모르는 것이 방대해져가 재미있었다. 머리로는 충분히 이해했다고 생각한 지식이 실제 커피 로스팅이나 추출 과정에서는 그리 쉽게 구현되지 않았다. 그 간극은 탐구심을 더욱 자극했다. 무언가 알아간다는 게 어떤 의미인가를 그때 처음 배웠다.

보헤미안은 내게 바벨의 도서관 같은 곳이었고, 점장님은 일에 관해서는 혹독하리만큼 무섭고 깐깐한 분이었다. 하지만 커피에 대한 열정은 적어도 내가 옆에서 지켜본 5년간, 조금도 식을 줄 몰랐으며 스스로 끊임없이 공부에 정진하는 모습을 몸소 보여주셨다. 가끔 나태해지려다가도 점장님 책상에 펼쳐진 새로운 커피 책과 밑줄 처진 자료들을 보면 다시 마음을 가다듬을 수밖에 없었다. 명성이나 권력에 초연한 태도 또한 매우 지혜롭고 멋져 보였다. 오랜 노력과 열정으로 쌓아올린 커피에 대한 자긍심을 돈과 쉽게 교환하려 하지 않는 자세는 그후로도 내게 큰 준거가 되었다.

내가 커피 공부를 한답시고 미국을 대여섯 번이나 오갈 때 점장님은 물심양면으로 나를 도와주셨고 업무 스케줄을 보름이고 한 달이고 모두 비워주셨다. 내가 로스팅을 처음 시작한 이후 한참이나 내어놓은 그 형편없던 커피를 두고도 묵묵히 믿고 기다려주신 것은 지금 생각해도 너무나 고마운 일이다. 강릉 보헤미안 박이추 사장님 커피만 마시다가 간혹 내가 로스팅한 커피가 나가면 손님들은 대번에 불만을 쏟아냈고 점장님은 자기 잘못인 양 죄송하다며 커피를 다시 내려드렸다. 그런 일이 있던 날이면 차마 잠을 이루지 못했다. 로스터와 자료더미 앞에서 수없이 초라한 새벽을 맞았다.

보헤미안을 떠날 때 엄청난 계획과 대단한 포부가 있었던 건 아니다. 가장 큰 이유는 그간의 데이터와 경험을 토대로 좀더 집중적이고 체계적으로 공부를 하고 싶어서였다. 나라고 카페를 차려 당장 돈을 벌고 싶은 욕심이 왜 없었겠는가. 하지만 그때 나에게 가장 절실한 것은 멋진 카페가 아니라 그것을 위한 준비와 공부였다. 특히 스페셜티커피의 꿈을 펼치기 위해 꼭 필요한 산지 다이렉트 트레이드와 커피 생두에 대한 공부가 하고 싶었다. 그때까지 커피 일을 하면서 내가 쓴 돈이 번 돈보다 훨씬 더 많다. 보헤미안을 나올 때 내게 남은 것은 천만 원짜리 적금과 중고 에스프레소 기계가 전부였다. 이걸로 홍대 인근 구석에 작은 사무실을 얻어서 책과 커피 속에 파묻혀 지내리라 마음먹었다.

커피와 관련해서 내가 가진 가장 큰 꿈은, 우리가 커피를 통해 얻는 행복과 이윤의 일부를 커피를 생산하는 사람들과 나누는 것이다. 더 맛있고 더 멋진 커피를, 그 커피를 재배한 사람들의 얼굴과 이름으로 소개하는 것. 종이 나부랭이 흩어진 책상 앞에 앉아, 로스터 기계 앞에 서서, 빈한하지만 아름다운 커피 산지 이곳저곳을 커핑 스푼 하나 들고 헤매는 언젠가의 나를 계속 떠올렸다. 나는 보헤미안이다.

우린 아마 잘 안 될 거야

"하느님은 왜 제게 레슬링에 대한 열정과 거지 같은 재능을 함께 주셨나요?"

잭 블랙이 주연을 맡은 영화 〈나초 리브레〉에 나오는 대사다. 나는 이 대사에서 큰 위안을 얻었다. 커피를 공부하고 커피 일을 하면 할수록 느끼는 어려움과 초라함을 이보다 더 잘 표현한 문장을 본 적이 없다. 새로 시작하는 회사의 이름을 '커피리브레'라고 지은 이유다. 더군다나 '리브레libre'는 스페인어로 '자유로운'이라는 뜻이니 평생 자유로운 영혼(?)으로 살아온 나로서는 더할 나위 없는 이름이라 생각했다.

〈나초 리브레〉는 유쾌하게 웃고 즐길 수 있는 코미디 영화지만, 찰리 채플린의 영화처럼 한바탕 웃고 나면 생각할 거리가 하나둘 떠오르는 매력이 있다. 이 영화는 실화를 바탕으로 했다. 영화의 실제 배경은 멕시코 지방도시의 한 가톨릭 보육원이다. 이곳의 담당 신부 구티에레스는 젊은 시절 마약중독자에 갱단의 일원이었지만 개과천선한 후 스페인과 이탈리아에서 사제 교육을 이수하고 신부가 되었다.

멕시코로 돌아와 보육원에 부임한 그는 보육원 운영자금이 부족해 아이들에게 제대로 된 음식조차 제공하기 힘들어지자 큰 결심을 한다. 밤에 프로레슬링 경기에 선수로 출전해 번 수입으로 보육원 아이들을 보살피기 시작한 것이다. 프로레슬러로 점차 인기를 얻게 되면서 그가 실제로 신부라는 소문이 퍼지자 주교는 어느 날 그를 불러 야단치며 당장 그만두라고 호통쳤다. 구티에레스 신부는 이렇게 반문했다.

"그럼 보육원 운영비용을 주실 건가요?" 그러자 주교는 이렇게 답했다.

"알았다. 계속해라."

그가 선수로 출전한 멕시코의 레슬링 경기는 루차 리브레Lucha Libre라고 한다. 루차 리브레 경기에 출전하는 모든 선수가 마스크를 쓰고 시합을 한다. 선수들은 경기중 상대에 의해 마스크가 벗겨지는 것을 최악의 수치로 여겼다. 마스크는 자신의 정체성에서 벗어나기 위해 착용하는 또다른 페르소나다. 마스크는 자유와 용기, 새로움을 준다.

살다보면 마스크가 절실해지는 순간이 있다. 억울하고 부끄러울 때, 작아지고 후회할 때, 벗어날 도리가 없고 왜 사나 싶을 때, 마스크는 희망의 다른 이름이 되기도 한다. 나는 커피리브레가 커피 거래 과정에서 잊힌 얼굴들을 복원하며 누군가의 희망이 되기를 바랐다. 기꺼이 마스크를 쓰고 조금 더 용기를 낸다면 〈나초 리브레〉의 주인공처럼 링 위에서 매번 두들겨 맞아도 언젠가 승리하는 날이 올 수도 있지 않을까.

루차 리브레는 지금도 멕시코에서 국민 스포츠로 큰 인기를 얻고 있다. 사실 루차 리브레를 엄밀한 의미에서 스포츠라고 말하기는 좀 어렵다. 선수들이 선한 역할과 악한 역할을 맡아 각본에 따라 경기를 치르기 때문이다. 각본이 있다는 점에서 루차 리브레는 오히려 연극에 가까울지도 모른다. 하지만 이 연극은 오로지 단 한 번만 상연된다. 우리 인생처럼.

링에는 전업 선수도 오르지만 많은 선수가 구티에레스 신부처럼 목수, 상인, 노동자, 의사 등 다양한 직업을 갖고 살아가는 이들이다. 지리멸렬한 일상을 살아가는 사람들이 마스크를 쓰고 링에 올라 자신의 삶을 위태롭게 하던 악의 상징과 싸워 마침내 이긴다. 루차 리브레는 모두가 기대하는 영웅이 탄생하는 시간이고 링은 인생 역전의 공간이다.

나에게도 루차 리브레라는 기적의 링이 절실했다. 내가 하려는 일은 분명 커피 비즈니스였지만 아무리 생각해봐도 시작부터 가망이 없어 보였다. 가진 것이 없었고 스페셜티커피는 국내 시장에 전혀 알려지지 않았었다. 게다가 수익을 창출하겠다는 의지보다는 커피를 더 알고 싶다는 생각만 앞섰다. 창업할 때 회사 모토조차 '우린 아마 잘 안 될 거야'였다. 당시 한국 커피 시장에서 스페셜티커피 비즈니스를 한다는 게 무모한 일처럼 여겨졌다. 모든 것이 불투명하므로 가장 확실한 실패를 목표로 세우고 달성해내겠다는 심산이었다. 그러면 아등바등하다 잘 안 되더라도 늘 목표를 달성하는 셈이었으니까.

링 위에서 구티에레스의 별명은 '폭풍사제Fray Tormenta'였다. 그는 30여 년간 레슬러로 활동했고 팬도 많았다. 레슬러로 번 수익금으로 평생 이천여 명의 고아를 돌보다 은퇴했고 지금은 연로해 투병중이다. 얼마 전 「이제는 우리가 그를 도울 때입니다」라는 기사를 본 것이 그에 대한 마지막 소식이다.

종교학자 미르체아 엘리아데의 책 『성과 속』은 서로 대척점에 있다고 우리가 오랫동안 믿어왔던 성스러움과 속됨이 일상에 혼재되어 있다는 주장을 담고 있다. 나는 구티에레스 신부의 삶이 이 책의 주제를 잘 드러낸다고 생각한다. 가장 성스러운 직업인 사제와 사람들의 환호와 갈채로 호흡하는 가장 세속적인 엔터테이너로서의 삶을 동시에 살았기 때문이다. 낮에는 말씀으로 사람들을 위로하고 밤에는 폭풍 같은 이단옆차기로 사람들의 시름을 덜어주었다. 낮과 밤, 성과 속, 선과 악, 승리와 패배…… 도저히 공존할 수 없다고 믿어져온 것들이 구티에레스 신부 안에서 소통하고 화해했다.

창업계획서 한 장 없었지만 내 꿈만큼은 창대했다. 구티에레스 신부처럼 커피리브레가 의미와 재미, 이윤과 윤리, 자유와 연대와 같이 이질적이라 여겨지는 것들을 한데 어우르는 주체가 되는 것.

커피리브레의 로고는 프랑스에서 인쇄노동자로 일하는 대학 친구가 만들어줬다. 승리에 도취된 멋진 모습이 아니라, 1라운드에서 흠씬 두들겨 맞았고 앞으로도 가망이라곤 없지만 2라운드에 다시 올라야 하는 레슬러의 복잡한 표정을 닮았으면 좋

COFFEE LIBRE

겠다고 주문했다. 나는 그게 〈나초 리브레〉에서 연전연패하는 주인공의 마스크 속 진짜 얼굴이라고 생각했다. 하지만 그 로고가 창업 이후 계속된 매출 부진과 경영 미숙으로 그로기 상태에 빠진 내 표정이 될 줄은 차마 몰랐다. 커피리브레라는 이름과 로고는 그렇게 내게 왔다.

직업으로서의 커피

커피는 요리를 닮았다. 요리는 재료를 불과 물로 익혀 음식을 만든다. 커피는 생두를 불로 볶아서 원두로 만든 후 물에 녹여 마신다. 요리사가 선택한 재료와 가진 기술에 따라 못 먹을 음식이 나오기도 하고, 많은 사람들을 감동하게 하는 마법이 되기도 한다. 누구나 요리를 할 수 있고 식당을 차릴 수도 있지만, 뛰어난 실력과 자기만의 색깔을 가진 요리사는 흔치 않다. 사업적인 성공까지 이룬 요리사는 더더욱.

멋진 요리사가 되고 싶었다. 남들이 가진 타고난 재능과 자본력, 사업 능력은 나와 상관없다는 것을 일찌감치 깨달았고 그들을 부러워할 시간도 없었다. 요리 재료가 되는 커피 생두

보는 안목 기르기, 해외 생두 공급처 알아보기, 무역 업무 공부하기, 로스팅 실력 키우기…… 할 일이 쌓여 있었다. 마음만 급했다. 일하느라 쉬는 날도 없었고 거의 매일 자정이 되어 퇴근했다. 잠을 자려고 침대에 누워도 커피 생각뿐이었다. 그러다가 몇 번은 정말 기발한 로스팅 방법이 생각나서 새벽에 다시 출근한 적도 있다. 당시 스페셜티커피 관련한 정보는 국내에 전무했고 외국 서적과 논문, 인터넷에서 얻어야 했다. 더군다나 커핑이나 로스팅 같은 실무를 글로 배우는 데는 한계가 있었다. 하지만 커피 공부가 너무 재미있어서 고3 시절이나 대학원 다닐 때보다 더 열심이었다. 커피에 대한 모든 활자를 흡수할 태세였다. 하루가 너무 짧아 유감이었다. 좋아하는 일을 직업으로 삼을 수 있다는 건 분명 큰 행운이었다.

좋아하는 일의 즐거움을 한 단어로 축약하자면 설렘이고 그 치명적 징후는 빨리 출근하고 싶다(?)는 예사롭지 않은 마음 상태다. 일과 설렘, 출근과 즐거움은 가장 어울리지 않는 단어 조합이다. 내 경험에 기반해 추가 증상들을 더 열거해보자면, 시간이 빨리 간다, 잘 지치지 않는다, 실패가 실패로 느껴지지 않는다, 성공과 실패의 기준은 내가 정하게 된다, 남 얘기가 들리지 않는다, 성장하고 있다는 느낌이 든다, 환상과 희망이 실재와 구분되지 않을 정도로 강력하다, 혼자 울고 웃는다, 내면의 목소리에 더 귀를 기울이게 된다, 공상을 많이 하게 된다. 써놓고 보니 번아웃이 임박한 일 중독자의 증세와 다를 바 없다. 하지만 나는 좋아하지 않는 일을 적당히 하다가 퇴근 시간만 기다리는 사람이야말로 정말로 일에 중독되어 있다고 생각한다. 좋아하는 일을 직업으로 택하는 것도 큰 용기가 필요한 결정이지만 세상에는 자기가 정말 좋아하는 일이 무엇인지 모르고, 찾는 것마저 포기한 채 눈앞의 일을 하는 사람들이 더 많다. 일하면서 설렜던 적이 언제였나? 이런 곤란한 질문에 "매일"이라고 답할 수 있는 사람은 자기 일과 그 일을 하는 스스로를 사랑하는 사람이다.

그렇다고 모든 것이 마냥 좋을 수는 없었다. 커피리브레는 작은 공방으로 초라하게 시작했다. 첫 매장도 2년이 지나서야 연남동의 쇠락한 전통시장 구석에 간신히 문을 열 수 있었다. 돈이 없어서 인테리어를 하지 못했다. 오래된 벽지만 뜯어내고 버려진 자개 테이블을 주워다가 다리만 붙여 갖다놨는데 사람들은 복고풍 카페의 원조라고 했다. 기대했던 커피 납품은 계속 저조했고 세계 커피 업계에서는 인스턴트커피 왕국인 한국에서 무슨 스페셜티커피냐며 비아냥거렸다. 물어보고 싶은 것이 많았지만 들어줄 사람이 없어서, 내 잘못을 짚어주고 따끔하게 쓴소리해줄 사람이 없어서 외로웠다.

첫 매장인 커피리브레 연남점의 모습. 돈이 없어서 인테리어를 하지 못했는데,
많은 손님들이 이곳만의 독특한 개성이라며 좋아해주셨다.

사업하는 사람이라면 누구나 겪는 일이지만, 회사 운영자금이 부족해 늘 숨이 가빴다. 몇 명 되지도 않던 직원들 월급이 없어서 카드빚을 내서 준 적이 여러 번이다. 하지만 무엇보다 가장 힘들었던 것은, 내가 하고 싶은 일이 과연 가능한 것인가, 잘못 생각한 것은 아닐까, 내 믿음이 흔들릴 때였다. 그럴 때면 아무도 없는 적막강산에 홀로 서 있는 느낌이었다. 안암동 보헤미안 커피숍에서 일할 때, 점장님이 해주신 얘기가 떠올랐다. 하루는 당시 한국 최고의 커피 로스터로 알려진 고 박원준 선생님을 찾아가서 커피 일을 계속하고 싶다고 말씀드리니 하지 말라며, 너무 외로운 일이라고 했단다. 박원준 선생님의 말씀도, 그 얘기를 나를 앉혀놓고 해준 점장님의 마음도 조금은 이해가 갔다. 돌이켜보면 어려운 시절을 잘 버틸 수 있었던 것은 대단한 전략이나 절호의 기회가 있어서가 아니라 커피를 좋아하는 마음을 잃지 않았던 덕이다. 조금씩이나마 기술적으로 성장하고 한 분야에 대한 지식과 경험이 쌓이는 느낌이 주는 안정감은 내가 하는 일에 대한 확신이 되었고 나아가 어려움을 견디는 힘이 되었다.

하지만 좋아하는 일을 해도 힘든 건 힘든 거다. 한번은 생각지도 않게 특급호텔에서 납품 의뢰가 들어왔다. 구매팀장이라는 사람은 인사도 제대로 받지 않았고 말투가 고압적이었다. 품질 좋은 커피를 싸게 대량으로 받고 싶다며 대뜸 원하는 가격부터 제시했다. 우리 판매 가격의 절반에도 미치지 못하는 낮은 가격이었다. 바로 못하겠다고 말했더니 그럼 원하는 가격이 얼마인지 물었다. 내 대답을 들은 그는 어이가 없다는 듯이 세계적으로 유명한 커피 브랜드보다 더 높은 가격이라며, "이름도 없는 회사 신발이 나이키보다 비싸면 누가 사겠어요?" 하고 물었다. "아는 사람만 아는 장인이 만든 수제화에요." 내가 웃으며 답하자 그는 박장대소했다. 구매팀장은 내가 더이상 거래업체로 보이지 않는지 갑자기 태도를 바꿔 예의를 갖추고 평소 궁금한 것이 있었다며 질문을 이어갔다. 커피 가격은 어떻게 결정되고 왜 다 다른지, 스페셜티커피라는 것이 무엇인지 물어봤다. 그는 내가 떠날 때 고맙다며 현관까지 나와서 배웅해줬다.

사실 품질 떨어지는 값싼 커피 생두를 쓰면 호텔에서 제시한 가격의 커피를 만들 수 있었다. 그리고 당시 회사는 무척 어려운 상황이었다. 하지만 '좋아서 하는 일인데'라고 생각하니 도저히 받아들일 수 없었다. 내가 존중하지 않는 내 일을 과연 누가 존중해줄까. 좋아하는 일의 본질은 일이 즐겁다고 여겨지는 순간뿐만 아니라 일이 되어가는 과정의 모든 희로애락과 원하지 않는 결과까지도 받아들이고 책임지는 바로 그곳에 있다. 커피는 못 팔았지만 잘했다는 생각이 들었다. 이런 일을 몇 번 겪고 나니 그제야 내가 하고 싶었던 일이 무엇인지 그리고 어디로 가야 할지 선명해지는 느낌이었다. 더 좋은 품질의 커피를 만들기 위해 로스팅 기술을 연마하고 스페셜티커피를 제대로 공부해야겠다는 생각뿐이었다. 이제 나에게 다른 길은 존재하지 않는다고 생각하니 오히려 마음이 편하고 집중이 잘됐다. 하지만 멋진 요리의 재료가 될 좋은 생두를 구하는 일은 여전히 막막하기만 했다.

은사를 만나다

유코 이토이Yuko Itoi 선생님을 처음 만난 건 2010년 2월 니카라과에서였다. 유코 선생님은 일본 교토에 '카페타임'이라는 원두 판매점 세 곳을 운영하며 '타임스클럽'이라는, 일본뿐만 아니라 세계적으로 유명한 스페셜티커피 구매 그룹을 이끄는 분이었다.

작은 공방 수준에 불과한 커피리브레를 오픈한 지 몇 달밖에 안 됐던 시절이고 산지 경험은커녕 스페셜티커피에 대해 아무것도 몰랐을 때다. 우연히 한국 손님을 통해 한국에서도 스페셜티커피를 하고 싶어하는 청년이 있다는 내 얘기를 전해 들은 유코 선생님은 한번 만나보고 싶으셨는지 니카라과로 나를 초대하고 싶다는 메일을 주셨다. 그렇게 새로운 세상이 열렸다. 우리는 산지 일정으로 바쁘고 피곤했지만, 저녁에 숙소로 돌아오면 밤늦게까지 이야기를 나눴다. 유코 선생님은 아무것도 모르는 내게 커핑부터 산지에서의 예의, 커피나무 보는 법, 가공 방식과 품종, 다이렉트 트레이드를 하는 법까지 하나하나 가르쳐주셨다. 니카라과에서 헤어질 때, 유코 선생님은 4월에 미국 애너하임에서 커피 박람회가 있는데 거기 오지 않겠느냐고 물었다. 미국 커피 박람회는 그전에도 두어 번 가봤지만 유코 선생님의 제안이라면 마다할 이유가 없었다. 유코 선생님은 박람회 내내 나를 데리고 다니며 산지의 커피 생산자부터 수출업자, 커피 로스터 등 전 세계 스페셜티커피 업계 사람들을 만날 때마다 잘 부탁한다며 그들에게 나를 소개해줬다. 당시에도 정말 감사했지만 그런 소개가 업계에서 어떤 의미와 힘을 갖는 것인지는 한참 후에야 알게 되었다.

유코 선생님은 그후로도 기회가 될 때마다 나를 커피 산지와 박람회, 주요 이벤트가 열리는 곳으로 불러 많은 것을 가르쳐주셨다. 다이렉트 트레이드를 하고 싶었지만 여력이 없던 내게, 자신의 구매 그룹을 위해 확보한 좋은 생두를 조금씩 여러 종류 살 수 있게 해주셨다. 일본의 스페셜티커피 구매 그룹에서는 외부로 생두를 유출하면 안 된다는 원칙이 있다는 것을 나중에

야 알게 되었다. 고마움도 뭘 알아야 제때 제대로 고마워할 수 있는 법이다.

시간이 흐르고 회사에 조금 여유가 생기자 유코 선생님이 소개해주신 산지 농장에서 생두를 직접 들여오고 싶은 마음이 일었다. 하지만 구매량이 너무 적다보니 생두 값보다 운송료 등 부대비용이 더 들었다. 무역 관련한 절차들도 처음에는 너무 복잡하고 어렵게만 느껴졌다. 그러자 유코 선생님은 전 세계 커피 산지에 유통망을 가진 일본 최대 스페셜티커피 생두업체 와타루ワタル를 소개해주셨다. 덕분에 나는 커피 생두를 적은 비용으로 안전하게 다양한 산지에서 가져올 수 있었다.

우리는 새로 생긴 영세업체에 불과했기에 돈이 있어도 네트워크와 정보 부족으로 좋은 생두에 접근하는 것 자체가 매우 힘들었다. 이런 어려움을 말씀드리자 유코 선생님은 웃으며 "처음에는 다 그래, 힘내렴" 하고 어깨를 다독여주셨다. 유코 선생님의 소개로 미국 시애틀의 아틀라스커피에서 근무하는 알 리우를 만났다. 대만계 미국인인 알은 다정한 사람이었다. 그가 마침 호텔에 남은 게 좀 있다며 가져다준 샘플을 귀국해서 먹어봤는데 한국에서 만나기 힘들 정도로 좋은 품질의 커피였다. 그후 알은 5년이 넘도록 우리가 좋은 생두를 살 수 있게 큰 도움을 줬다. 알은 몇 년 전 아틀라스커피를 떠나 밀워키의 콜렉

티보커피 부사장으로 갔는데 그는 지금도 내게 가장 소중한 친구로 남아 있다.

당시 일본 스페셜티커피 업계에는 유코 선생님이 일본인이 아닌 한국인을 싸고돈다는 말이 돌았고 하루는 일본 스페셜티커피협회 전 회장이자 유코 선생님의 스승이기도 한 히데타카 하야시Hidetaka Hayashi가 자신을 불러 자초지종을 물었다고 한다. 그런 물음 자체가 이미 쓸데없는 짓을 그만두라는 의미였지만 유코 선생님은 내가 커피에 대한 순수한 열정을 가지고 있고 그렇다면 자신에게 국적은 중요하지 않다며 생전 처음으로 스승의 말을 거역했다고 한다. 그렇게 몇 년이 지난 후, 하야시가 다시 유코 선생님을 불렀다. 같은 일로 또 혼이 날까 걱정했는데, 하야시는 "몇 번 만나서 얘기를 나눠보니 잠재력이 있는 청년이더라. 앞으로 잘 도와주도록 하라"고 얘기했다며 어린아이처럼 환하게 웃으셨다. 이 모든 얘기를 그제야 해주셨다.

유코 선생님은 가진 것도 없고 아는 것도 없는 한국인인 나에게 아무 대가도 없이 많은 것을 나누어주셨다. 그때도 지금도 왜 그러셨는지 알 수 없다. 나라면 그렇게 못할 것 같다. 훌륭한 스승을 만난 덕에 여태껏 밥 먹고 산다. 지금 생각해보면 유코 선생님이 진정 가르쳐주려고 했던 것은 기술과 경험보다는 커피를 대하는 마음과 사람에 대한 예절이었다. 물론 가르쳐주신

만큼 잘 배우지 못해 아직도 허우적대고 있다. 다만 확실한 건, 내가 지금 무언가 이룬 게 있다면 그 모든 것은 유코 선생님으로부터 비롯되었다는 사실이다.

결코 낭만적이지 않은 여행
—커피 바이어의 일

내가 회사에서 담당하는 일 가운데 가장 큰 비중을 차지하는 것은 생두 구매다. 보통 '커피 바이어'라고 한다. 우리 회사는 커피 생두를 로스팅해서 판매하기 때문에 그 재료가 되는 생두를 산지에서 잘 구매해 가져오는 것이 중요하다. 그래서 나는 늘 수확 시기에 맞춰 산지를 찾아가 여러 농장을 둘러보며 구매할 커피를 살피고 생산자를 만나 이야기를 나눈다. 생산국의 수확철에 따라 방문 시기가 달라지기는 하지만 보통 1년에 3~4개월은 산지에서 보낸다.

나도 예전에는 커피 바이어가 '슈퍼 미각'을 가진 세계 여행자라는 환상을 갖고 있었지만, 맛 좋은 커피를 감별하는 일은 커피 바이어가 하는 일의 일부일 뿐이다. 커피 바이어는 산지로 떠나기 전부터 준비할 일이 많다. 우선 작년에 구매했던 커피에 대한 냉정한 평가와 시장의 반응을 토대로 새로 구매해야 할 커피의 종류와 양, 용도, 예산을 검토한다. 그리고 방문할 산지의 올해 작황과 커피 관련 이슈를 시장 보고서와 현지 관계자를 통해 수집한다. 새로운 커피 가공 방식, 품종, 지역, 트렌드, 리스크를 미리 살펴보고 방문 및 구매 계획을 세워야 실수를 줄일 수 있다.

산지에서의 하루 일정은 보통 생산자와 저녁 식사를 함께한 후 마무리되지만, 커피 바이어의 일은 거기서 끝나지 않는다. 밤에는 어둠침침한 방에서 노트북을 켜고 그날 방문했던 농장과 커핑했던 커피에 대한 정보를 기록한다. 한 번 출장에 여러 국가와 농장을 방문해서 수백 개의 샘플을 커핑하기 때문에 잊지 않으려면 매번 기록해야 한다. 그리고 다음에 방문할 농장의 일정, 커핑과 샘플 관련한 계획을 생산자와 점검하고, 시차 때문에 업무 연락이 쉽지 않은 한국 본사와 생두 구매 논의를 하다보면 밤늦게야 잠자리에 든다.

산지에서 귀국하면 방문했던 모든 생산자 및 수출업체로부터 하루에도 수십 통의 메일이 날아들기 시작한다. 산지에서 고른 샘플이 사무실에 도착하면 신속하게 커핑을 마치고 구매

결정을 내린다. 머뭇거리다가는 좋은 커피를 다른 업체에 뺏길 수 있기 때문이다. 커피 수확철이 몰린 상반기에만 보통 1500개의 샘플을 커핑한다. 그리고 주문한 모든 커피가 제대로 회사 창고에 들어오기까지 무역 및 통관 업무를 살핀다. 현재 12개국 150개 농장과 거래하고 있는데 그중 몇 개라도 주문한 것보다 품질이 많이 떨어지는 커피가 도착하면 손해가 크다. 산지에서의 커피 생두 가공 과정부터 수출입 절차를 거쳐 창고에 입고되기까지 모든 과정을 꼼꼼히 확인하지 않으면 사고가 터진다. 사실 어떻게 해도 매년 예상하지 못한 크고 작은 일이 커피 수입 과정에서 발생한다. 이제 익숙해질 만도 한데 사고가 터질 때마다 수습하느라 늘 진땀을 뺀다.

상황이 이렇다보니 커피 바이어는 산지를 돌아다니는 일보다 국내에서 해야 할 일이 양적으로도 더 많고 실제로 훨씬 더 중요하다. 결국 커피 바이어의 일은 생두 구매의 처음부터 끝까지 모든 과정에 문제가 생기지 않도록 기록하고 확인하는 일을 되풀이하는 것이다. 그런 점에서 커피 바이어에게 필요한 능력 중 커핑, 즉 커피 품질을 감별하는 일은 아주 작은 부분이고 오히려 소통을 위한 언어 능력과 사교성, 로스팅 능력, 서류 작업 능력, 호기심과 지적 욕구, 체력, 꼼꼼함, 글쓰기, 비즈니스 능력이 더 중요하다.

온두라스 커피 생산자들이 커피 발효를 어떻게 하면 좋을지 이야기하고 있다.

커피 바이어의 일은 고상함과는 거리가 멀다. 커피 산지에서 깨끗하고 안락한 호텔과 맛있는 음식을 기대한다면 실망하기 쉽다. 커피 농장은 대부분 깊은 산골에 있고 인근 숙소는 쾌적함과는 거리가 멀다. 방 안의 벌레, 도마뱀, 냄새나는 침대 시트와 지저분한 화장실, 차가운 물로 하는 샤워 정도는 일상이다. 와이파이가 되고 따듯한 샤워를 할 수만 있어도 감지덕지다. 식사는 주로 토르티야나 푸석한 밥, 삶은 콩과 당근, 튀긴 바나나를 주로 먹고 가끔 타이어처럼 질긴 고기나 기름에 전 치킨, 민물고기 튀김이 테이블에 올라오기도 한다. 맛있고 다양한 음식에 익숙한 한국 사람이라면 산지에서의 식사는 고역인 경우가 많다.

게다가 아름답고 이국적인 산지 농장을 돌아다니며 멋진 커피를 쇼핑하듯 골라 담는 일이 전부라기에는 고단함과 얼마간의 위험이 늘 함께한다. 2019년 초 에티오피아에서 일정을 마치고 케냐 나이로비까지 비행기로 이동한 적이 있는데, 한 달 후 내가 탔던 비행기 편이 에티오피아 공항에서 이륙 직후 추락해 탑승객 전원이 사망했다. 2018년 5월에는 새로운 아프리카 커피를 찾기 위해 콩고민주공화국에 방문했는데 마침 에볼라가 창궐해 비상사태가 선포됐고, 며칠 후에는 우리가 방문하기로 한 국립공원 지역에서 무장 게릴라에 의해 영국인 관광객 두 명이 납치되고 운전사와 경호원이 살해당했다. 그해 5월까지 이 지역에서만 마흔 명이 납치돼서 살해당했다. 우리가 묵은 거점 도시인 보템보의 호텔 정문에는 경비가 바주카포를 들고 서 있었다.

커피 바이어라면 자주 방문할 수밖에 없는 라틴아메리카는 예전보다 치안이 많이 좋아지긴 했지만, 아직도 세계에서 위험한 도시로 손꼽히는 곳들이 몰려 있다. 그중 온두라스의 산페드로술라, 엘살바도르의 산살바도르, 과테말라의 과테말라시티는 아직도 범죄율이 높아 주의가 필요한 곳이다. 그렇다고 커피 산지 방문이 꼭 위험하기만 한 것은 아니다. 보통 현지 파트너나 생산자가 마중나와 일정을 함께하고 범죄율이 높은 도시가 아닌 산골의 커피 재배 지역에서 주로 시간을 보내기 때문이다.

내가 정작 커피 바이어로서 곤혹스러운 순간은 따로 있다. 생산자를 앞에 두고 커피를 평가하거나 구매 여부를 바로 결정해야 하는 경우다. 한번은 어떤 고객으로부터 우리 회사에서 구입한 원두가 너무 맛이 없다는 정중한 메일을 받았다. 개인의 취향일 수도 있고 추출 방법의 문제일 수도 있지만 어쨌든 그분이 원두 구매를 위해 지불한 비용을 그만큼의 가치로 되돌려드리지 못한 것에 대해 책임감을 느끼고 내내 마음이 편치 않았다.

내가 온두라스 마르칼라 지역의 작은 협동조합을 방문했을 때였다. 나를 위해 커핑 테이블이 준비되어 있었다. 열 개 정도의 샘플이 테이블에 올라왔고 그 커피를 기른 생산자들이 자리에 함께했다. 맛있는 커피도, 그렇지 않은 커피도, 심각한 결점이 있는 커피도 있었다. 샘플을 하나씩 맛볼 때마다 긴장하는 생산자들의 눈빛은 그곳을 한없이 작아진 마음들이 모인 어색하고 무거운 무대로 만들었다.

커핑이 끝나고 나는 대수롭지 않다는 듯 좋은 소리, 마음에 상처가 될 만한 얘기, 어쭙잖은 조언까지 곁들여 결국 할말을 다해버렸다. 그게 당시 그곳에서 내가 맡은 배역이라 생각했기 때문이다. 그래도 내심 착한 사람으로 보이고 싶었던 걸까, 오지랖처럼 한마디를 더하고 말았다.

"오늘 여러분의 커피에 대한 제 평가는 지극히 개인적인 의견일 뿐 절대적인 것은 아닙니다. 다른 누군가에게는 오늘 제가 별로라고 했던 커피가 인생 최고의 커피일 겁니다."

생산자들이 수군거렸지만 무슨 뜻인지 알아듣지 못했다. 로스팅은 일주일에도 몇 번씩 한다. 로스팅도 참 어려운 일이지만 그래도 마음만 먹으면 하루에도 몇 번이고 다시 로스팅하며 테스트하고 문제점을 바로잡아나갈 수 있다. 하지만 커피 농사는 1년에 단 한 번뿐이다. 내가 그날 그들의 커피에 대해 쏟아냈던 말이 만들었을 생채기에 비한다면, 내가 로스팅한 커피에 대한

고객의 불만은 아무것도 아니다. 부끄러웠다. 누군가로부터 평가받는 것도, 누군가를 평가하는 것도 당혹스러운 일이다. 그리고 다른 사람의 평가를 받아들이거나 나 자신을 냉정하게 평가하는 것은 차라리 고통이다.

하지만 커피 바이어 일이 힘들고 어렵기만 한 것은 아니다. 사실 나는 산지 출장을 손꼽아 기다린다. 오래 함께 일했던 생산자와 아무리 봐도 질리지 않는 아름다운 커피 농장이 기다리고 있기 때문이다. 언제나 따듯하게 반겨주는 그곳의 친구들, 보여줄 것이 있다며 신이 나서 커피밭을 빠르게 가로지르는 그들의 뒷모습, 거래가 성사되고 행복해하는 표정, 더 좋은 품질의 커피를 만들겠다는 다짐, 푸른 커피나무, 공기 좋은 산속에서 함께하는 식사, 한국에 가져가서 빨리 로스팅해보고 싶은 멋진 커피, 다음날 일정을 떠올리다가 이내 빠져드는 달콤하고 깊은 잠…… 이 정도면 매년 설레는 마음으로 짐을 싸서 산지로 향하는 이유로 더없이 충분하다.

커피의 얼굴을 찾아주는 일

스페셜티커피의 정의는 다양하다. 그중에서 '품질 평가에서 80점 이상을 획득한 커피' 혹은 '생두에서 시작해 로스팅과 추출을 거쳐 한 잔의 음료로 만들어지기까지 산지의 특성을 좋은 품질로 잘 보여주는 커피' 정도가 가장 널리 쓰이고 있다. 요즘 국내에서는 스페셜티커피가 '고급 커피'라는 의미로 통용되고 있다. 하지만 이는 모두 최종 소비자의 입장만을 반영한다. 그래서 최근에는 '커피 생산자와 산지 환경의 지속가능성'을 스페셜티커피의 정의에 포함해야 한다는 주장이 많은 지지를 얻고 있다.

실제로, 지구온난화로 인해 30년 후에는 현재 커피를 재배하고 있는 전 세계 산지의 절반이 더이상 커피를 생산할 수 없게 된다는 연구 결과가 최근 발표되어 커피 산업에 큰 충격을 줬다. 라틴아메리카는 더 심각해서 커피 경작지의 88퍼센트가 30년 이내로 사라지게 될 가능성이 높다. 월드커피리서치WCR와 스페셜티커피협회SCA를 비롯한 여러 연구소와 대학, 기업 등에서 환경 변화와 병충해에 강한 품종과 육종, 영농 방법을 연구하며 지속가능한 커피 재배 모델 개발에 심혈을 기울이고 있다. 하지만 워낙 시간과 비용, 인력이 많이 필요한 작업이어서 환경 변화 속도에 얼마나 성공적으로 대응할 수 있을지는 미지수다. 가까운 미래에 커피는 더이상 쉽게 마실 수 있는 음료가 아닐지도 모른다.

그러나 커피의 미래를 위협하는 것은 지구온난화뿐만이 아니다. 국제 커피 거래가격의 기준이 되는 뉴욕상품거래소의 커피 가격은 2019년 하반기 파운드당 1달러선을 오르내리며 지난 13년 이래 최저 가격을 기록했다. 커피 거래가격은 지난 40년 동안 거의 변화가 없다. 커피가 석유에 이어 세계 2위의 교역량을 자랑하는 상품이라는 주장은 사실이 아니지만, 대부분이 '후진국'인 커피 생산지와 '선진국'인 커피 소비지가 지리적으로 경제적으로 극명하게 나뉘어 있다는 점은 세계 자본주의의 고질적인 '남북문제'와 오랫동안 정체된 커피 가격을 떨어뜨려놓고 생각할 수 없게 한다. 또한 석유가 주요 산유국들에 막대한 이익을 가져다주는 데 비해, 생필품에 가까운 커피를 생산하는 국가와 농부들 대부분이 대를 이은 빈곤에서 헤어나오지 못하고 있다는 점은 한번쯤 생각해볼 문제다.

커피 가격은 뉴욕(아라비카)과 런던(로부스타)의 커피거래소를 통해 매일 공시되는데, 기본적으로는 수요와 공급의 시장 원칙에 따라 가격이 결정된다. 하지만 실제 커피 가격은 생산국가의 농장 단위까지 실질적으로 장악하고 있는 유럽과 미국의 다국적기업, 그리고 가격 변동성을 조장하는 투기자본의 입김에 크게 좌우되기도 한다. 그러다보니 커피 가격 결정 과정에 커피 생산자, 생산국의 이해는 전혀 반영되고 있지 않다. 이런 국제 커피 거래 시스템 아래에서 커피 생산자들이 커피 재배를 포기하고 다른 작물을 기르거나, 빚을 갚지 못해 저당잡혔던 커피밭과 주거지를 빼앗기고 마을을 떠나 도시 빈민이 되거나 미국으로 밀입국하는 경우가 더욱 많아지는 추세다. 이는 커피 생산 지역의 다양성 감소와 더불어 지역 공동체 붕괴와 도시 범죄율 증가로도 이어지고 있다.

이처럼 생산 원가에도 턱없이 미치지 못하는 낮은 커피 거래 가격과 이로 인한 사회경제적 문제는 커피 산업 자체의 미래를 위협하는 심각한 문제로 인식되고 있다. 이미 수십 년 전부터 윤리적 소비라는 기치하에 공정무역 커피운동이 펼쳐져왔고,

스페셜티커피의 등장과 함께 생산자와의 직거래를 통해 품질에 따른 정당한 가격을 지불하는 다이렉트 트레이드 모델이 자리 잡아가고 있다. 최근에는 전 세계 커피 생산량의 1위와 3위를 차지하는 브라질과 콜롬비아에서 자국의 커피 생산자를 보호하기 위해 기존의 국제커피거래소 가격을 우회하는 거래 방식을 도입하려는 움직임도 일고 있다. 커피를 좋아하는 소비자로서, 커피의 지속가능한 발전을 위해 우리가 할 수 있는 가장 쉽고 효과적인 일은 생산자에게 정당한 대가를 지불하는 공정무역 커피와 스페셜티커피를 더 많이 애용하는 것이다.

오늘 아침 맛있게 마신 커피가 어디서 왔는지 누가 어떻게 생산했고 정당한 대가를 받았는지, 커피 생산자의 아이들은 학교에 가고 제때 밥을 먹고 지내는지 우리는 잘 알지 못한다. 오랫동안 우리는 커피가 어떤 얼굴을 하고 있는지 미처 마주할 생각조차 하지 못했다. 내가 생각하는 스페셜티커피는 좋은 음료 품질도 중요하지만 무엇보다도 사람의 얼굴을 한 커피다. 나는 스페셜티커피가 커피 산지의 생산자가 지속가능한 삶을 영위하는 데 기여하고, 생태계 보존에 도움이 되고, 생산자부터 최종 소비자에 이르기까지 커피가 거치는 길 위에 있는 많은 사람들의 가치와 미래에 대해 생각하게 만들었으면 한다.

환상도 두려움도 없이

스페셜티커피와 다이렉트 트레이드는 밀접한 관계가 있다. 다이렉트 트레이드를 직역하면 '직교역' 혹은 '직거래' 정도가 된다. 자세한 설명 없이도 우리는 다이렉트 트레이드라는 단어를 통해, 산지에서 직접 재료를 사면서 얻을 수 있는 장점들을 쉽게 떠올릴 수 있다. 하지만 이 단어는 스페셜티커피가 등장하면서 다시 정의되었다. 왜냐하면 그전에도 많은 커피 회사들이 비용 절감을 목적으로 산지에서 직접 커피를 구매해왔기 때문이다.

2000년대 초반 미국에서 스페셜티커피 회사들이 활동을 시작했을 때, 그들은 좋은 품질의 생두를 구하는 것 말고도 다이렉트 트레이드를 통해 얻을 수 있는 것이 많다고 생각했다. 예를 들면, 정확한 농장 및 생두 정보, 마케팅에 필요한 스토리텔링, 원하는 생두의 안정적 수급, 생산자와의 장기 계약을 통해 자신만의 차별화된 생두를 확보하는 것 등이다. 다이렉트 트레이드가 기존의 산지 직거래와 다른 점은 그것이 비용 절감보다는 지금 언급한 다른 측면들에 대한 갈망에 더 초점을 맞추고 있다는 점이다. 다들 규모가 작았던 당시에는 인텔리젠시아, 스텀프타운, 카운터컬처 같은 회사들이 모여 함께 산지를 방문하고 공동으로 생두를 구매하기 시작했다. 그들은 다이렉트 트레이드를 품질, 가치, 윤리, 관계, 투명성, 정보 등의 단어로 차별화하고자 했다. 이후 다들 회사가 커지거나 매각되면서 다이렉트 트레이드의 원칙이 처음과는 다소 달라진 것 같기도 하다. 그러다보니 지금은 오히려 조금 과하게 다이렉트 트레이드를 포장 내지 미화하고 있는 것은 아닌가 하는 생각도 든다. 하지만 콜럼버스의 달걀처럼, 그들이 다이렉트 트레이드를 스페셜티커피 버전으로 재개념화하는 데 성공했다는 점, 실제 그것이 스페셜티커피의 주요한 생두 거래 방식으로 인정받고 널리 퍼졌다는 점에서 그들의 기여를 인정하지 않을 수는 없다.

커피리브레에서 사용하는 대부분의 커피는 산지 농장·조합과의 다이렉트 트레이드를 통해 구매하는데 현재 12개국 150여

개 농장과 거래를 하고 있다. 올해로 다이렉트 트레이드 11년차가 되었지만, 아직도 모르는 것투성이다. 다만 많은 농장과 지속적인 거래 관계를 통해 안정적인 커피 수급과 품질 개선을 위해 노력한다. 오래 거래해온 농장은 더이상 내가 직접 찾아가지 않아도 알아서 우리가 좋아하는 커피를 준비해주지만 그래도 매년 꼭 찾아간다. 어떻게 보면 비용과 시간의 낭비로 보일 수 있지만 나는 내 힘이 닿는 한 계속 이렇게 하고 싶다. 삶과 비즈니스에는 눈앞의 숫자와 효율이 전부가 아닌 경우도 있다고 믿기 때문이다.

지금은 국내에도 좋은 품질의 생두를 들여오는 회사가 많아졌지만, 예전에는 그렇지 않았다. 생두를 사고 싶어서 외국 생두업체나 산지의 수출업자·농장에 샘플을 보내달라고 메일을 보내면 보통은 답장이 없었다. 간혹 얼마나 살 거냐고 물어보고는 그렇게 적은 물량은 팔 수 없다는 차가운 답변이 되돌아왔다. 그리고 커피 생두와 국제우편 비용까지 다 지불하고 어렵게 받은 샘플도 대부분 품질이 좋지 않았다. 실망스러웠지만 내가 생각해봐도 스페셜티커피가 뭔지도 모를 것 같은 한국의 작은 업체에 좋은 샘플을 보내줄 리가 없었다. 그래서 더 기를 쓰고 다이렉트 트레이드를 하려고 했다. 하지만 쉽게 길이 열리지는 않았다.

한번은 중미로 생두 수출업자를 만나기 위해 어렵게 찾아갔는데 기대하던 농장의 샘플은 커핑 테이블에 아예 올라오지도 않았고 달랑 세 개의 엉뚱한 샘플만 준비되어 있었다. 당혹스러웠지만 애써 커핑에 집중하고 있었는데, 채 끝나기도 전에 판매담당자는 "마음에 드냐, 얼마나 살 거냐"고 물었다. 조금 마음에 드는 샘플이 있었지만 내가 살 수 있는 물량이 너무 적다는 것을 이미 잘 알고 있었기 때문에 나는 선뜻 답을 할 수 없었다. 대신 미안한데, 생두 샘플을 조금만 싸줄 수 있느냐, 한국 돌아가서 먹어보고 연락하겠다고 말했다. 거래 절차상 이런 대답이 가장 합리적이라는 것 정도는 알고 있었지만, 왠지 초라해지는 마음이 드는 것은 어쩔 수 없었다.

또 한번은 중미의 유명 농장에서 정말 마음에 드는 커피를 구매하기로 계약을 마쳐 기분이 좋았는데 선적 직전에 '정말 미안하지만, 네 커피에 문제가 생겨 판매할 수 없다'는 연락을 받았다. 이유는 불분명했고 억울한 마음이 들었지만 어쩔 도리가 없었다. 나중에 그 커피가 영국의 유명 로스터에 판매되었다는 소식을 전해 들었다. 서운하고 원망스러운 마음이 들었지만 비즈니스인데 어쩔 수 없다고 생각했다. 농장 입장에서는 좋은 생두를 한국의 이름도 못 들어본 작은 회사에 파는 것보다 세계적으로 이름 있는 유명 로스터에 파는 것이 여러모로 더 나은 선택이라는 것을 나도 알았기 때문이다. 당시 한국에는 다이렉트 트레이드를 통해 스페셜티커피를 구매하는 회사가 거의 없었고 커피 산지에서 한국이라는 나라의 존재는 미미했다. 더군다나 우리 회사는 신생에 규모도 작았기 때문에 이런 일을 꽤나 많이 당할 수밖에 없었다.

사실 나는 그런 홀대 내지는 무시를 안암동 보헤미안에서 일하면서 커피 공부를 하러 일본과 미국에 다녔을 때도 너무 많이 겪어 별 감흥이 없었다. "한국에서 차 안 마시고 커피 마셔?" "한국에서도 정말 커피 로스팅해?" "스페셜티커피라고 들어봤어?" 나는 이런 질문이 그다지 기분 나쁘게 들리지 않았다. 한국 커피 시장이나 기술력이 선진국만큼 크거나 발전하지 못한 것은 사실이고, 내가 커피에 대해 잘 모르는 것도 틀림없었기 때문이다. '그래, 나 몰라서 배우러 왔어, 무시해도 좋아. 그럼 이제 네가 아는 것은 무엇인지 자세히 말해봐.' 속으로 늘 이렇게 생각했다.

스페셜티커피가 내세우는 구호들은 관계, 우정, 지속가능성, 가치, 품질 등 멋진 단어로 가득하지만 분명한 것은 그조차 비즈니스라는 톱니바퀴에 물려 돌아가고 있는 바람개비라는 점이다. 씁쓸해할 것도, 실망할 것도 없다. 비즈니스는 어디까지나 영리 창출을 목적으로 할 따름이다. 환상을 가질 필요도 없고 비정함만이 살길이라고 지레 겁먹을 필요도 없다. 누구나 자신의 방식대로 비즈니스를 만들어가고 시장이라는 링 위에서 자신의 가치를 증명해내면 그뿐이다.

커피가 우리에게 오기까지: **밸류 체인**

(자료 출처: sucden.com)

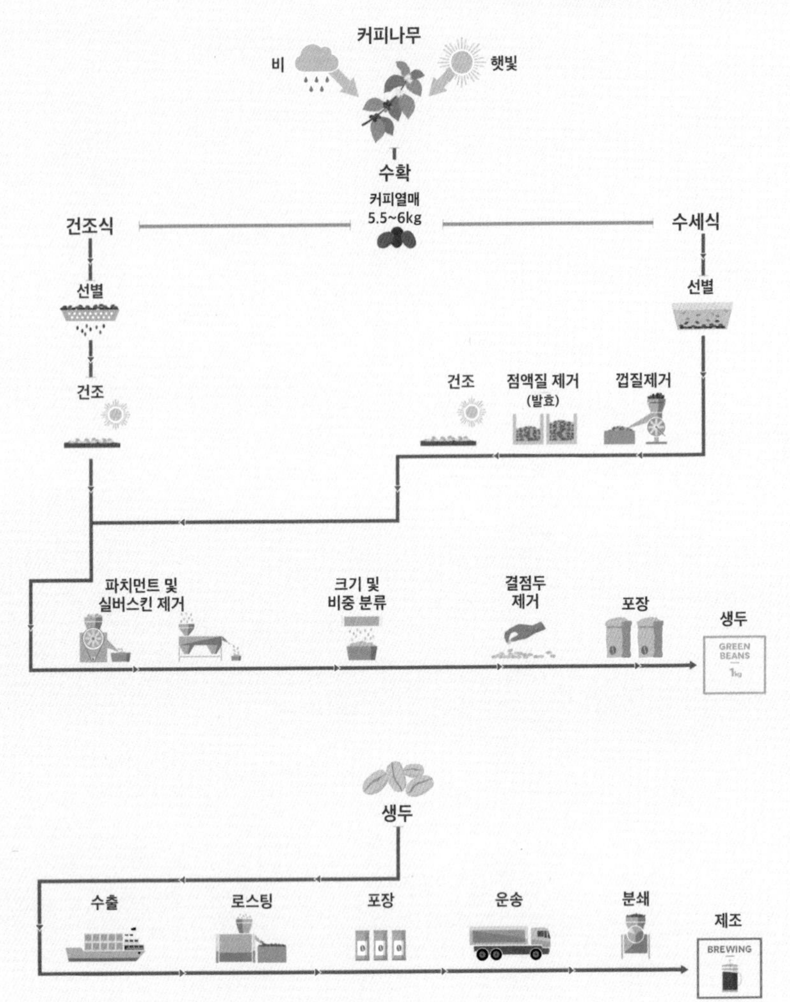

커핑 용어 간단 정리

커핑 용어는 커피 품질 평가를 위한 방법론 및 언어 체계다. 세부 사항에 있어서 지역과 사업체에 따라 차이가 있지만 커피 업계 전반에 합의된 규약이기도 하다. 중요 평가 항목으로는 산미Acidity, 단맛Sweetness, 향미Flavor, 클린컵Cleancup, 바디Body 등이 있다. 커피 추출에서 발생하는 변수를 최소화하기 위해 컵에 커피 가루를 담은 후 뜨거운 물을 부어 커피가 천천히 우러나도록 해서 평가한다.

산미

커피에 밝고 생동감 있는 느낌을 준다. 복합성에도 큰 영향을 미친다. 스페셜티커피에서 특히 선호하는 항목이다. 다양한 과일 향을 닮았고 산미가 풍부하면 좋은 점수를, 부족하거나 거칠고 시큼하면 낮은 점수를 받는다.

단맛

커피 맛에서 가장 중요하다. 단맛은 커피가 가진 고유의 쓴맛과 신맛을 매력적으로 만든다. 달콤하고 설탕 같은, 초콜릿을 연상시키는 단맛이 풍부하면 좋은 점수를, 단맛이 부족하거나 견과류나 볶은 곡물에서 나는 단조로운 단맛이 과하게 나면 낮은 점수를 받는다.

향미

커피가 갖고 있는 관능적 속성들을 의미한다. 향미가 복합적이며 개성이 있으면 좋은 점수를, 결점에 의한 이취異臭가 있거나 단조롭다면 낮은 점수를 받는다.

클린컵

커피가 입안에서 만들어내는 투명하고 맑은 느낌을 뜻한다. 재배, 수확, 가공이 완벽해야 좋은 클린컵을 가질 수 있기 때문에 스페셜티커피에서 가장 중요하게 생각하는 항목 중 하나다. 클린컵이 좋아야 커피가 가진 향미, 바디, 애프터테이스트가 제대로 느껴진다. 커피가 텁텁하거나 떫거나 입안이 마르는 느낌이 들면 클린컵이 좋지 않은 것이다.

바디

커피가 갖고 있는 물리적 느낌이다. 부드럽고 촉촉한 질감을 갖고 있으면 좋은 점수를, 거칠거나 마르는 느낌이 들거나 물같이 텅 비어 있다면 낮은 점수를 받는다.

2부

내가 만난
커피의
얼굴들

왕품질 버스와 호텔 사하라

엘살바도르 산살바도르의 아이다

이곳은 엘살바도르의 찰라테낭고에 있는 커피 농장. 차로 20분만 더 북쪽으로 올라가면 온두라스 국경이다. 엘살바도르에 열 번 넘게 왔지만 이렇게 쌀쌀한 날씨는 처음이다. 어젯밤은 농장에서 묵었는데 이불이 없어서 얇은 침대 커버를 덮고 자야 했다. 새벽까지 덜덜 떨다가 간신히 잠이 들었다. 오늘은 여러 커피 농장을 방문하고 커피밭을 오르내리느라 피곤해서 저녁 먹고 일찍 잠자리에 들었는데 좀처럼 잠이 들 기미가 보이지 않는다. 엘살바도르에 처음 온 것이 언제더라.

중미 여섯 나라 중에서 내가 처음 관심을 가졌던 커피 산지가 엘살바도르였다. 약 15년 전, 당시 최고 전성기였던 미국 커피 회사 스텀프타운커피에서 마셨던 엘살바도르 킬리만자로 농장 커피가 정말 강렬한 인상으로 남았기 때문이다. 그래서 처음 컵 오브 엑설런스Cup of Excellence(매년 각국의 농장에서 출품한 커피를 심사해 해당 국가 최고의 커피를 뽑는 국제대회) 국제심사위원을 맡기 위해 지원한 나라도 엘살바도르였다. 엘살바도르는 1740년, 중미에서 가장 먼저 커피 재배를 시작했다. 그후 커피 재배는 엘살바도르의 주요 산업이 되었고 1980년 내전이 발생하기 전까지 GDP의 50퍼센트를 차지할 정도였다. 하지만 12년간 이어진 내전으로 인한 정치·경제적 혼란과 해외로의 피란 행렬, 국제 커피 가격 폭락, 최근 발생한 커피녹병과 이상기후로 지금은 GDP 5퍼센트까지 하락한 상태다.

내가 여기에 왜 왔더라

커피리브레를 오픈하고 몇 달 지나지 않아 유코 선생님의 초대로 니카라과 산지에 처음 방문했다. 이왕 어렵게 중미까지 갔는데 니카라과만 달랑 다녀오기는 아쉬워서 나는 평소에 꼭 가보고 싶었던 엘살바도르 킬리만자로 농장의 농장주 아이다에게 무작정 메일을 보냈다. 당시 그녀는 이미 전 세계 스페셜티커피 업계의 대스타였고 가장 유명한 스페셜티커피 회사인 스텀프타운과 카운터컬처, 스퀘어마일 등에만 생두를 독점 공급하고 있었다. 신기하게도, 나름대로 정성 들여 쓴 장문의 메일이 통했던지 생각지도 않게 방문해도 좋다는 답장을 받았다.

니카라과 일정이 끝나고 일행과 헤어지자마자 나는 신이 나서 엘살바도르 가는 장거리 버스를 예매하고 정류장 표지판도 없는 도롯가의 주유소에서 버스를 기다렸다. 그런데 다섯 시간을 넘게 해질녘까지 기다렸는데도 버스는 오지 않았다. 일단 근처 허름한 호텔에서 자고, 다음날 매표소에 택시를 타고 찾아가 따졌다. 어제 표를 팔았던 아저씨가 대수롭지 않다는 듯이 오늘은 꼭 올 거라고 했다. 예매한 버스가 다음날 온다는 말이 이해가 안 갔지만 일단 다시 주유소 앞으로 갔다. 반신반의하며 서너 시간을 더 길가에 앉아 기다렸더니 정말 버스가 왔다. 버스 승무원이 탑승자 명단에서 내 이름을 확인하고 태워줬다. 무슨 버스가 다음날 오느냐며 불평이라도 한마디하려 했지만, 버스가 와준 것이 정말 고마워 "그라시아스(고맙습니다)"라고 말하고 말았다. 그 버스의 이름은 잔혹하게도 '킹 퀄리티'였다.

왕품질 버스는 니카라과와 온두라스 국경을 거쳐 열 시간 정도를 달렸고 한밤중에야 엘살바도르의 수도 산살바도르에 도착했다. 산살바도르는 그 당시나 지금이나 높은 범죄율과 잦은

총기 사고로 유명한 곳이다. 엘살바도르는 2015년 세계에서 살인율이 가장 높은 나라로 기록되었고 지금까지도 갱단 규모가 경찰과 군대를 합친 것보다 크기로 악명 높다. 승객들은 버스에서 내리자마자 마중나온 친지와 함께 사라졌다. 어둡고 낯선 곳에 인적까지 드물어지자 불안함과 초조함이 엄습해왔다. 몇몇 호객꾼들이 택시 찾느냐며 말을 걸어왔지만, 엘살바도르에서 택시 잘못 타면 바로 납치 강도당한다는 경고가 떠올라 탈 수가 없었다. 그러는 사이 호객꾼마저도 빠르게 하나둘 사라지기 시작했고 원체 겁이 없는 나도 슬슬 모골이 송연해졌다.

그때 마침 택시 하나가 앞에 섰는데 사람이 괜찮아 보이기도 하고 더는 길에서 헤매면 위험할 것 같아 무작정 올라탔다. 숙소를 예약한 산타아나까지는 40분이 넘게 걸렸다. 돈이 없어 싼 호텔을 예약했더니 택시 기사도 위치를 몰라 그 야심한 밤에 좀비처럼 걸어 다니는 술 취한 사람 몇몇을 붙잡고 길을 되물어야 했다. 간신히 나를 호텔 앞에 내려준 택시는 쫓기기라도 하듯 황급히 떠났고 어두운 밤거리에는 사람 한 명, 차 한 대 보이지 않았다. 서부영화에서나 봤을 법한 황량함 그 자체였다.

호텔이 있는 건물 앞에 섰더니 호텔 이름이 먼저 눈에 들어왔다. 호텔 사하라. 그럴듯하면서도 뭔가 기이한 이름이라고 생각했다. 호텔 건물은 꽤 큰 편이었는데 경비나 직원이 보이지 않았다. 여기가 호텔이 맞긴 맞나, 폐업한 것은 아닐까 생각했다. "계신가요?" 몇 번이나 사람을 부르고 나서 한참을 더 기다린 후에야 직원이 졸린 눈을 비비며 나타났다. 이번에도 불평 한마디해주려고 했지만, 그가 나타난 것만으로도 그저 고마워 속으로 '그라시아스'라고 말하고 말았다. 체크인을 하고 방에 들어와 지친 몸을 낡은 침대에 누였더니 이 길고 파란만장했던 하루가 믿기지 않았다. 피곤했지만 잠은 오지 않았고 낯설고 허름한 호텔 방에 누워 천장을 바라보고 있는데 의식만 더 또렷해졌다. 내가 여기에 왜 왔더라……

그로부터 만 이틀 넘게 만나기로 한 아이다와 연락이 안 됐다. 출국 일정은 다가오는데 괜한 헛수고만 한 것 같고 별생각이 다 들었다. '역시 돈 없고 보잘것없는 사람과의 약속이니 까먹었겠지' 생각했다. 낮에는 산타아나 구시가와 성당 주변을 하릴없이 돌아다녔고 이메일만 수시로 확인하며 초조하게 저녁을 보냈다. 그런데 출국을 하루 앞두고 아이다에게 만나러 오겠다는 답장이 왔다. 호텔 앞에서 기다렸더니 검은색 험비 차량에 중무장한 경호원을 대동하고 아이다가 나타났다. 급작스레 할머니 상을 당해 경황이 없었다며 미안하다고 했다. 그녀의 얼굴에는 상심이 깊었다. 괜한 생각을 했던 나 자신이 부끄러웠다.

용기를 내는 것 말고는 할 수 있는 게 없었다

우리는 아이다의 커피 가공소를 방문해 시설을 둘러보고 아이다가 판매하는 인근 농장 커피 샘플을 함께 커핑했다. 커피 맛이 어떻느냐고 묻는 말에 정말 맛있다고 했다. 아이다는 내게 샘플을 건네며 관심 있으면 연락달라고 했다. 나는 고맙다고 말하며 샘플을 받아 가방에 고이 담았다. 호텔로 돌아와 다음날 아침 떠나기 위해 짐을 쌌다. 내가 아이다를 만나서 같이 커핑을 하다니 모든 것이 꿈만 같았다. 말로만 듣고 동경하던 스페셜티커피 세계에 나도 한 걸음 내디딘 것 같아 기분이 좋았다.

한국에 돌아와서 먹어본 샘플은 역시나 훌륭했다. 하지만 거의 천만 원가량 하는 그 생두를 살 돈은 없었다. 게다가 매장도 없는데다 원두 납품도 거의 없어서 생두를 산다 해도 쓸 데가 없었다. 더군다나 나는 생두 무역을 위해 외국에 돈을 송금하는 방법도, 구매한 생두를 한국까지 운송하는 방법도 몰랐다. 이 일을 겪은 후 나는 다이렉트 트레이드로 생두를 살 수 있게 돈을 벌고 싶다는 생각을 진지하게 했다. 하지만 그후로도 3년 동안 회사는 엄청난 순손실에 적자를 불려나갔다.

다이렉트 트레이드를 위한 첫 여정이었다. 엘살바도르 가는 장거리 버스도, 호텔을 찾는 것도, 아이다와 연락이 닿지 않은 것도 내 예상과는 달랐다. 그렇다고 꼭 나쁘지는 않았다. 한두 번쯤은. 하지만 그후로도 수많은 일이 내 뜻대로 되지 않자 나도 별수 없이 실망하고 주눅들기 시작했다. 남 탓도 해보고 내 탓도 해봤다. 그러면서 실패의 연속 가운데 작은 깨달음을 얻었다. 자신을 다독이며 한 번 더 용기를 내는 것 말고는 살면서 할 수 있는 게 별로 없다는 점이다. 인정하고 싶지 않았지만 남은 인생 내내 그래야 할 것 같았다. 그래도 무언가 배울 수 있고 조금이라도 나아질 수 있다고 믿자 그게 또 어슴푸레한 희망이 되었다. 희망을 좇기로 했다. 어쨌거나 장사는 계속되어야 했다.

신의 이름으로

엘살바도르 놈브레 데 디오스의 마리아

나는 장사꾼이다. 품질 좋은 커피를 싸게 사서 팔아야 이문을 남길 수 있기 때문에 내 관심사는 오로지 커피뿐이다. 그래도 전 세계 커피 산지를 이곳저곳 돌아다니고 많은 사람을 만나다 보면 그들을 통해 접하게 되는 새로운 세계들이 있다. 그중 어떤 것은 정말 흥미롭고 인상적이어서 연이은 질문을 던지게 되고, 그들의 이야기에 빠져들다보면 정작 사업 얘기는 제대로 하지도 못하고 헤어져야 하는 불상사가 생기기도 한다. 예를 들면, 종교와 신들에 대한 이야기다. 커피와 신이라니. 내가 거래하는 커피 생산자 중에는 힌두교 사제, 기독교 목사, 이슬람교와 가톨릭 신자, 냉담자, 무늬만 신자, 마르크스주의적 무신론

자까지 다양한 신념과 믿음을 가진 사람들이 있다. 나는 그들의 이야기에 귀기울이며 성과 속, 초월과 경험, 차안과 피안, 삶과 죽음, 고통과 구원, 인간과 신에 대한 지혜를 탐닉한다. 그러다 잠시 장사꾼으로 돌아와 정신이 들면 '이 사람의 이야기 어느 즈음에 우리 사업과 커피와 내가 있는 걸까?' 생각한다. 나는 그들이 기르는 커피가 한편으로는 그들이 믿는 신과, 다른 한편으로는 나와 연결되어 있다는 느낌을 꽤나 좋아한다.

미안해요—마리아의 편지

내가 10년째 커피를 거래하고 있는 엘살바도르의 농장 이름은 '놈브레 데 디오스Nombre de Dios'다. 스페인어로 '신의 이름'이라는 뜻이다. 커피 농장 이름치고는 꽤 특이해서 농장주 마리아에게 유래를 물었다. 농장 이름은 1900년대 초 엘살바도르 북서부 메타판 지역에 처음 커피를 심은 마리아의 증조할아버지, 사무엘 루나로부터 내려왔다. 어릴 때부터 그의 꿈은 작은 커피 농장을 갖는 것이었다. 사무엘은 다른 지역의 커피 농장 노동자로 오랫동안 일하며 돈을 모았고 마침내 이 산속에 자투리땅을 살 수 있었다.

당시만 해도 주변에 커피를 기르는 곳이 없었고 산 아랫마을 사람들은 사무엘의 땅이 춥고 토질이 적합하지 않아 커피를 키울 수 없다고 수군거렸다. 그때는 영농 기술이 발달하지 않아 커피나무를 심기 전에 토질을 분석해볼 수도 없었고 기후 조건 등 많은 것들이 불투명한 상황이었다. 더군다나 아라비카 커피나무는 오늘날에도 기르기가 매우 까다롭다. 적정 위도, 기온, 강수량, 강수 시기, 건기 길이, 일조량, 고도, 습도, 토질 등이 모두 맞아야 잘 자라고 상품성 있는 커피 품질과 수확량을 기대할 수 있다. 사무엘은 이렇게 예민한 커피나무가 땅에 잘 뿌리내릴 수 있을지 걱정했고, 주변 사람들 말처럼 모든 것이 헛수고로 돌아가지 않을까 조바심을 냈다. 그래도 그는 커피나무를 한 그루 심을 때마다 "신의 이름으로En el nombre de Dios"라고 축복하며 나무가 건강하게 자라기를 기도했다.

사무엘이 정성 들여 심은 커피나무들은 다행히 잘 뿌리내렸고 이후 어엿한 농장을 이뤘다. 마리아와 그녀의 남편 살바도르는 4대째, 그녀의 아들 하비에르는 어머니를 도와 5대째 이 농장을 운영하고 있다. 하비에르는 중남미에서 농경학 분야로 이름 높은 온두라스 사모라노 농업대학을 졸업했다. 그는 세계 스페셜티커피 업계에서 요구하는 고품질 커피를 생산하기 위해 새로운 품종과 가공 방식을 계속 실험하고 있다. 이런 열정으로 놈브레 데 디오스 농장은 지금까지 여러 번에 걸쳐 '컵 오브 엑설런스' 커피로 선정되는 영예를 안기도 했다. 하지만 8년 전인 2012년, 엘살바도르에는 40년 만의 폭우가 쏟아졌고 그해 커피 생산량의 40퍼센트를 잃었다. 나는 소식을 듣고 바로 마리아에게 메일을 보냈다. 마리아는 농장이 위치한 메타판 지역은 상황이 조금 나은 편인데도 많은 비 피해가 있었고 자신의 커피 인생에 이런 경우는 처음이라며 몹시 속상해했다.

수확이 끝난 뒤 마리아한테 샘플을 받아 커피를 시음해보니 우려했던 대로 품질이 썩 좋지 않았다. 커피는 농작물이고 사람의 힘은 자연 앞에서 여전히 초라하기만 하다. 마리아는 몹시 어렵게, 미안하다는 말부터 꺼내며 커피 가격에 관해 이야기했다. 품질이 작년만 못하다는 것을 자신도 알지만, 작년보다 높은 가격을 제시할 수밖에 없는 상황이라고 했다. 좋은 품질의 커피가 희소한 상황이라 엘살바도르 전역에서 스페셜티커피 가격이 높게 형성되었고 농장 수확량이 너무 적다보니, 자신에게 커피밭을 담보로 돈을 융통해준 커피 가공소에서 작년보다 높은 판매가격을 구매자에게 받아야 해당 연도 대출금 상환이 가능하다고 통보했다고 한다.

나는 바로 답 메일을 보내지 못했다. 가격 협상을 좀 해봐야 할지, 혹은 다른 농장 커피를 찾아봐야 할지 생각이 많았다. 다음날, 고민 끝에 나는 이런 내용의 답장을 보냈다.

"나의 친구 마리아, 당신이 제시한 가격보다 5퍼센트 더 높은 가격을 드릴게요. 적은 액수일지라도 놈브레 데 디오스 농장의 수해 복구와 함께 일하는 이웃들에게 작은 위로와 힘이 되었으면 합니다. 내년에는 우리에게 더 멋진 커피를 만나게 해주세요. 신의 이름으로."

시간으로만 증명될 수 있는 것들

그로부터 얼마 지나지 않아 놈브레 데 디오스 농장에 더 큰 난관이 닥쳤다. 곰팡이가 옮기는 커피녹병이 엘살바도르 전역을 휩쓸었다. 이 병에 유난히 취약한 부르봉 품종을 기르던 놈브레 데 디오스 농장은 피해가 막심해 수확량이 5분의 1로 줄었다. 이것만으로도 엄청난 타격인데 더 치명적인 문제가 있었다. 이 병에 걸려 이파리가 모두 떨어지고 가지가 상한 커피나무는 새 가지와 이파리가 충분히 돋아나 광합성을 할 수 있을 때까지 2년 동안 열매가 제대로 열리지 않는다는 점이다. 한번 커피녹병이 생기면 1년에 3~4번 정도 약을 치면 충분했던 병충해 구제가 7~8번을 쳐도 완벽하게 몰아내는 것이 쉽지 않아진다. 인근 커피 농장들에서 더이상의 비용을 감당할 수 없어 커피 농사를 포기하면서 그곳에서 창궐하던 커피녹병 곰팡이가 끊임없이 바람을 타고 놈브레 데 디오스 농장으로 넘어오는 문제도 있었다. 마리아는 원래 다른 지역에 커피 농장 하나를 더 갖고 있었는데 커피녹병 때문에 커피 수확량이 크게 줄어들어 대출금을 갚지 못했고 결국 농장을 잃었다. 많은 구매자가 어쩔 수 없이 놈브레 데 디오스 농장을 떠나갔고 나만 남았다.

커피녹병은 원래 대부분의 커피 농장에서 늘 작은 말썽을 부리다가 건기가 시작되면 사라지는, 감기처럼 그리 대단치 않은 곰팡이병이었다. 하지만 기후변화로 기온이 올라가고 우기와 건기의 균형이 깨지면서 커피녹병을 일으키는 곰팡이들은 더 강해졌고 더 오래 기승을 부렸으며 내성이 생겨 기존의 약이 더는 듣지 않았다. 추운 곳에서 활동을 못하던 곰팡이는 따듯해진 기온 탓에 고도가 높은 커피 농장까지 올라왔고 무방비였던 농장들은 절멸했다.

중미 전체를 위기로 몰아넣은 커피녹병은 중미에서만 70퍼센트의 농장들을 감염시켰고 32억 달러(약 3조 7000억 원)의 손해를 끼치며 170만 개의 일자리를 빼앗아갔다. 국제열대농업센터CIAT의 연구에 따르면, 현재 커피를 재배하고 있는 지역의 50퍼센트가 2050년까지 커피 재배지로 부적합해진다. 아직 먼 얘기라고 생각할 수 있지만 벌써 기후변화는 많은 커피 생산자에게 영향을 미치고 있다. 전 세계 커피 생산량의 80퍼센트를 차지하는 소농은 자금력과 대처 능력이 뛰어난 대농장에 비해 기후변화에 훨씬 더 취약하다. 왜냐하면, 커피녹병은 영양 공급이 충분하지 않아 면역력이 떨어진 나무, 가지치기로 정기적인 관리를 받지 못한 노령의 나무, 커피녹병 발생 초기에 적절한 구제를 받지 못한 나무에 더 큰 타격을 준다. 하지만 가난해서 비료나 퇴비를 구비하지 못하고, 당장 수입이 줄어들까봐 가지치기를 하지 못해 수령 많은 나무를 그대로 두고, 커피녹병을 발견해도 약 칠 돈이 없어서 대응하지 못하는 것은 모두 소농이기 때문이다. 많은 소농은 기후변화에 따른 심각한 병충해와 수확량 감소, 국제 커피 시세 하락에 허덕이고 있다.

나는 수확이 모두 끝났다는 소식을 듣고 2018년에 놈브레 데 디오스 농장을 다시 찾았다. 마리아는 농장 노동자들을 위해 작지만 경작할 땅을 나누어주었고 산 아랫마을에는 토지를 기부해 의료시설, 축구장, 교회, 학교가 들어설 수 있도록 했다. 그녀는 이웃을 돕는 것이 가장 큰 행복이라고 한다. 마리아와 차를 타고 농장에서 일하는 노동자가 사는 집을 지날 때면 아이들과 부모가 나와 반갑게 인사했다. 마리아가 일일이 그들의 이름을 부르며 다정한 말을 건네는 모습을 지켜보자니 내 마음도 무척이나 따듯해졌다. 그것은 수확이나 가공, 로스팅이나 추출 이외에 우리가 손님들에게 건네는 커피가 만들어지는 중요한 과정임이 분명했다.

우리는 수확한 커피를 함께 시음했다. 요즘 스페셜티커피 구매자들이 좋아하는 풍부한 산미, 꽃향기, 과즙 같은 향미는 부족했지만, 무척 달콤했고 잘 익은 오렌지향, 매끄러운 촉감, 긴 여운이 좋았다. 화려하지 않지만 오랜 인고의 시간을 견뎌낸 커피가 보여주는 단아한 아름다움을 느낄 수 있었다. 어쩌면 이것이 가장 엘살바도르 커피다운 맛이 아닐까 생각했다. 커피

놈브레 데 디오스 농장의 마리아와 아들 알렉스가 올해 수확한 커피를 맛보고 있다. 커피 생산자에게는 가장 설레고 긴장되는 순간이다.

맛이 무척 좋다는 말에 마리아는 그제야 환하게 웃었다. 다행이었다.

놈브레 데 디오스 농장은 커피녹병 이후 심각한 재정적 타격을 입었음에도 매년 새로운 도전을 계속하고 있다. 비싸고 토질을 떨어뜨리는 화학비료 대신 일본의 유기농 비료와 천연 농약 제조법을 연구해 지금은 농약과 화학비료를 완전히 대체했다. 대형 커피 가공소의 불안정한 품질 관리와 횡포를 견디다 못한 놈브레 데 디오스 농장 가족은 수십 년 동안 거래하던 관계를 끊고 과감히 자체 가공소를 농장 한쪽에 만들었다. 유명 회사의 멋지고 반짝반짝한 설비가 아니라 오래되고 낡은 각종 기계와 부품을 모아 얼기설기 조합해 만들어 마치 괴물 로봇같이 생겼다. 하비에르가 손수 제작하다보니 아직도 마무리해야 할 것이 많다며 겸연쩍어했지만, 올해부터는 내가 사는 커피를 제대로 가공해주겠다는 그의 말에 자못 힘이 들어가 있었다.

농장과 커피 가공소를 둘러보고 오두막 앞 소나무 그늘에 다 같이 둘러앉아 커피를 마셨다. 마리아와 살바도르, 하비에르 그리고 나. 이제 칠순이 넘은 마리아와 살바도르에게 인생의 지혜 따위를 물어볼까 싶었지만 이내 마음을 접었다. 마리아와 살바도르를 10년간 옆에서 지켜봤으면서 무엇을 새삼 묻나 싶었다. 세상에는 아직도 시간으로만 증명할 수 있는 것들이 남아

놈브레 데 디오스 농장 노동자들이 커피를
포대에 담는 작업을 하고 있다. 농장주 마리아 가족은
농장 노동자들에게 작지만 경작할 땅을 나누어주기도 했다.

있다.

120년 전 사무엘이 기도하며 심었던 커피나무, 커피녹병에 걸려 마리아와 하비에르를 애타게 했던 커피나무는 그들이 쌓아올린 탑이고 그들의 농장은 이미 사원이라는 생각을 했다. 지금의 고통 너머 희망을 보고, 궁핍한 가운데 이웃을 돌아보는 사람들은 신의 섭리인 걸까, 인간의 얼굴을 한 작은 신들인 걸까. 사실 제일 많이 하는 생각은 놈브레 데 디오스 농장의 커피가 더 맛있어지고 수확량도 많아져 잘 팔렸으면 좋겠다는 것이다. 놈브레 데 디오스 농장은 아직도 예전 수확량의 3분의 1밖에 회복하지 못했지만 매년 조금씩 더 나아지고 있다. 천천히 그러나 꾸준하게. 나의 가장 오랜 다이렉트 트레이드 농장, 놈브레 데 디오스. 다시 한번, 신의 이름으로.

세상 끝까지 내몰린 사람들의 마지막 터전

온두라스 차기테 마을의 농민들

"무슨 일을 하십니까"라는 질문에 늘 "물건 떼러 다닙니다" 하고 겸손한 척 답하지만 나는 맛있는 커피를 싸게 사고야 말겠다는 일념으로 10여 년째 매해 4개월 넘는 시간을 커피 산지에서 떠돌고 있다. 파랑새를 찾아 헤매는 동화 속 누군가처럼.

꽤 많은 사람을 만난다. 커피 생산자와 그 가족들, 농장의 노동자들, 산지의 수출업자, 소비국의 수입업자, 여러 나라에서 온 커피 바이어, 품질 관리 담당자, 농학자, 커피 연구 기관의 연구원들, 트럭 운전사, 엔지니어, 수출입 관계자…… 이들의 얼굴을 모두 마주한 후에야 맛있고 '비싼' 커피가 내 앞에 도착한다.

다이렉트 트레이드는 자신이 직접 원하는 생두를 고를 수 있고, 왠지 멋있어 보이기도 하고, 유통 과정을 줄여서 마진이 많이 남을 것 같지만 파랑새는 그리 쉽게 잡히지 않는다. 거금을 들여 파랑새를 주문했는데 참새가 배달되는 경우를 비롯해 온갖 참사가 곧잘 일어난다. 내가 주문한 커피와 다른 종류, 혹은 품질이 떨어지는 생두가 도착하는 경우다. 상대가 순순히 인정하면 생두를 교환하거나 환불받으면 되지만 그렇지 않은 경우도 있다. 그럴 때마다 내가 하고 있는 일은 커피 장사가 아니라 결국 사람 장사라는 것을 새삼 깨닫는다.

그래도 산지에서 도착한 커피를 로스팅할 때면 늘 설렌다. 그 커피를 기른 생산자와 가족의 얼굴부터 떠오른다. 곧이어 그 커피를 만나고 가져오기까지 마주했던 많은 사람의 얼굴과 농장의 정경, 함께했던 식사, 꼬불꼬불 비포장길에 흐르던 음악까지. 그래서 나는 이렇게 가져온 커피를 좀 있어 보이기 위해 '얼굴 있는 커피'라고 한다. 처음에는 마케팅 전문가들이 장사하는데 스토리텔링이 그렇게 중요하다고 해서 '사연 많은 커피'라고 하려 했는데 직원들이 한심하다고 해서 포기했다. 어쨌든 시장의 반응은 싸늘한 편이다. 나는 그 익숙한 반응에 쉽게 굴하지 않는다. 왜냐하면 나는 '얼굴 있는 커피'가 실제로 보통 커피들과 다른 점이 많다고 믿기 때문이다. 어제 나는 온두라스의 차기테 지역에서 생산한 커피를 로스팅하며 그곳 사람들을 떠올렸고 그 얼굴들의 사연을 하나 꺼내볼까 한다.

온두라스 산꼭대기의 숨어 있는 커피마을

차기테 마을의 생산자들을 처음 만나게 된 것은 우연이었다. 3년 전 해발 1700미터에 위치한 바냐데로스 농장에 갔는데, 뒤로 보이는 높은 산 정상부에 커피밭처럼 보이는 곳이 있어 온두라스 파트너인 로니한테 물어봤다. 로니는 거긴 고도가 너무 높아서 춥기 때문에 커피가 자라지 못한다고 했다. 온두라스 커피협회에서 오랫동안 수많은 생산자들과 긴밀하게 일했던 로니의 의견이니 그런가보다 했다. 그때 바냐데로스 농장의 오틸리오가 커피밭이 맞다고 했다.

"몇 미터인데?"

"한 2000미터?"

"정말?"

"나도 저기 가보지는 못했는데 엄청 가난한 마을이라고 들었어. 저기 사람들도 커피 기르는데, 껍질 까는 기계(펄퍼)가 없어서 그냥 열매째로 넘긴다고 수집상이 그러더라고."

"한번 가보자!"

오프로드 수준의 드라이브 끝에 도달한 곳은 말 그대로 우뚝 솟은 산 정상 부근이었다. 산꼭대기 마을 이름은 차기테였다. 고도가 높다보니 너무 추워서 이곳 사람들은 늘 볼과 코가 빨갛다고 한다. 눈부신 절경만큼이나 놀랐던 것은 척박하고 험준한 곳에, 농장이랄 것도 없는 자그마한 밭떼기들이 절벽마다 빼곡히 자리잡은 광경이었다. 도대체 어쩌다 이런 곳에 커피를 심었고, 어떻게 기르고 또 수확하려 하는지 유네스코에 신고하고 싶을 지경이었다. 세찬 바람과 깎아지른 경사 때문에 서 있기조차 힘든 곳에 볼 빨간 아홉 명의 생산자와 그 가족들이 커피를 기르고 있었다. 로니 말에 따르면 이곳은 온두라스에서 가장 고도가 높은 커피 농장이란다. 그들은 가난에 쫓겨 하늘에 닿을 듯한 이곳까지 왔다고 한다. 100달러도 안 하는 펄퍼를 아홉 가구가 못 사서 매년 턱없이 낮은 헐값에 커피열매를 팔아넘기고 옥수수를 기르며 산다고 했다. 펄퍼는 커피열매 껍질을 까는 아주 간단한 기계 장치인데 커피 생산자가 펄퍼로 껍질을 제거한 다음 씨앗에 묻은 과육을 발효시키고 잘 씻어서 팔면 훨씬 높은 가격을 받을 수 있고 누구나 다 이렇게 한다. 나는 중미 어느 곳에서도 펄퍼가 없어(심지어 빌릴 데도 없어) 커피열매째 판매하는 경우를 본 적이 없다. 이곳은 세상 끝까지 내몰린 사람들의 아슬아슬한 터전이었다.

우리를 향해 손을 흔드는 차기테 마을 사람들.

커피 한 잔 가격의 1퍼센트만이 생산자에게

커피 품질에 따라 가격이 매겨지는 일부 스페셜티커피를 제외하면 대부분의 커피는 뉴욕상품거래소에서 결정되는 국제 시세에 기반해서 거래가격이 결정된다. 2019년 하반기를 기준으로 국제 커피 가격은 지난 13년 이래 최저 수준이다. 세계 커피 생산의 80퍼센트 이상을 차지하는 소농들의 평균 최저 생산 원가에도 미치지 못하고 있다. 우리가 커피숍에서 마시는 커피 가격의 1퍼센트 내외만이 커피 생산자들에게 돌아가고 있다. 많은 소농들은 생활비와 커피 생산에 필요한 최소 비용을 감당하기 위해 수집상이나 커피 수출업체로부터 커피밭을 담보로 돈을 빌리는데, 병충해나 이상기후 등으로 작황이 좋지 않아 제때 돈을 갚지 못하면 결국 커피밭을 빼앗기게 된다.

카라반에 대한 기사가 떠올랐다. 2018년부터 중미 국가들에서 미국으로 넘어가려는 수천 수만의 난민 행렬을 가리켜 카라반이라 하는데 그 시작이 온두라스였다. 커피밭을 잃고 쫓겨나거나 가난에 허덕이다 커피 농사를 결국 포기한 사람들이 난민으로 밀려난 것이다. 차기테 마을은 어쩌면 그 낭떠러지 가까이에 있는지도 모른다고 생각했다.

하지만 나는 '냉철한' 장사꾼이므로 일단 커피 샘플을 요청했다. 한국으로 돌아와 품질 평가를 했더니 아홉 샘플 중 세 개가 아주 훌륭했다. 그해 처음으로 세 명의 차기테 생산자로부터 커피를 구매했고 웬일인지 반응도 좋았다. 높은 고도가 품질에 좋은 영향을 미쳤지만 나무의 영양 상태나 커피열매를 생두로 가공하는 과정에서 생긴 문제들로 품질이 가구마다 고르지 않은 것 같다는 생각이 들었다. 그래서 나와 로니는 이 마을에서 중장기 프로젝트를 함께해보자고 의견을 모았다.

일단 펄퍼를 사서 설치하고 발효 탱크와 건조용 비닐하우스를 만들었다. 로니가 온두라스 커피협회 지원팀과 농장에 방문해 커피 재배, 비료, 가지치기, 수확, 가공까지 교육을 계속했다. 그 결과 아홉 개 농장 샘플이 모두 높은 점수가 나와서 나는 이 마을 커피를 전량 구매했다. 나중에 들었지만, 커피열매를 수집상에게 그대로 넘길 때보다 내가 거의 네 배 높은 가격을 지급했다고 한다.

다시 차기테 마을을 방문한 것은 2019년 봄이었다. 여전히 산 정상부까지 오르는 길은 몹시도 험했다. 마을 어귀에 도착하니 환영한다는 플래카드를 걸어놓고 생산자들이 모두 나와 기다리고 있었다. 일단 근처 농장들을 함께 돌아보며 고충과 문제점, 개선 방안에 관해 이야기를 나눴다. 이곳은 날씨가 너무 추워서 커피 품질에 큰 영향을 미치는 발효와 건조가 쉽지 않다.

발효에만 최소 서른두 시간 이상 걸리는데 기온이 낮을 때는 마흔여덟 시간까지 길어지기도 한다.

커피열매 가공 경험이 아직 부족하다보니 발효 중단 시점을 정확하게 파악하지 못하는 것이 문제였다. 발효가 완벽하게 처리되지 못하면 커피가 쉽게 썩는다. 낮은 기온 때문에 야외 건조가 쉽지 않아 건조용 비닐하우스를 만들었는데, 들어가보니 통풍이 잘되지 않아 내부 온도가 너무 높았고 어제 널어놓은 커피에서 벌써 시큼한 냄새가 났다. 발효가 완전히 끝나지 않은 상태에서 커피를 제대로 씻지 않고 사전 건조 없이 후끈한 비닐하우스에 두니 바로 쉰 거다. 발효 마무리 시점 정확히 체크하기, 꼼꼼한 세척, 실외 건조장에서의 사전 건조, 비닐하우스 통풍 개선 등을 얘기했다. 생산자 대표의 눈이 반짝였다. 앞으로 발효와 건조 과정을 개선하겠다고 약속했고 해당 커피는 판매용에서 제외하겠다고 말해줘서 고마웠다.

마지막으로 방문한 농장에는 비교적 널찍한 공터가 있었는데 우리가 도착했을 때는 벌써 동네 사람들이 백 명도 넘게 모여 음식을 만들고 밴드가 곡을 연주하는 축제 분위기였다. 무슨 행사냐고 물었더니 나를 환영하는 동네 잔치란다. 차기테 마을이 준비해서 아랫마을, 산 너머 마을 사람들까지 초대했다고 한다. 이런 성대한 마을 축제는 마을이 생긴 이래 한 번도 없었다고 한다. 다들 먹고살기 지쳐 여유도 없고, 다 함께 축하하거나 기뻐할 일도 없었다. 그동안 정부도, 그 누구도 가난한 이곳 사람들에게 관심을 가진 적이 없었다. 그런데 내가 2019년에 이 마을 커피를 전부, 그것도 이전보다 높은 가격에 샀으니 좋은 핑곗거리가 생긴 셈이다.

마을 대표의 인사를 시작으로 다 함께 기도하며 행사를 시작했다. 발언하는 여러 대표와 관계자들이 좋은 말을 너무 많이 해줘서 기분좋았지만 한편으론 부끄러웠다. 그 축복과 칭찬은 멋진 커피를 생산하느라 고생한 자신들과 온두라스 커피를 아껴준 우리 고객들과 직원들이 들어야 마땅한 것이었다.

나보고도 한마디 해달라기에 고맙고 영광이고 오래 함께하겠다는 짧은 발언을 마쳤다. 그러자 나더러 잠깐 뒤돌아서 눈을 감으라고 했다. 이런 두근거림은 유치원 때 이후로 처음이었다. 잠시 후 돌아서니 멋진 그림이 앞에 있고 사람들이 손뼉 치며 환호하고 있었다. 한쪽에는 커피나무와 열매, 다른 한쪽에는 로스팅한 원두가 있고, 그 한가운데 내 모습이 담긴 그림이었다. 내가 하는 일을 잘 보여주는 그림이었다.

떠나는 길 마을 어귀까지 마중나와 고맙다고 말하는 아홉 명의 생산자에게 "여러분은 더 좋은 커피를 만들기 위해 계속

차기테 마을 주민들이 나를 환영하는 마을 잔치를 열었다.
잠깐 뒤돌아서 눈을 감으라고 한 뒤,
내 모습이 담긴 그림을 깜짝 선물로 주었다.

노력하고, 나는 매년 더 많은 커피를 살 수 있도록 노력하면 될 것 같다"고 세상 끝에서 말했다.

어둑해진 산길을 내려오며 나는 장사꾼 기질을 발휘해, 이 사람들의 얼굴과 미소를 어떻게 고객들에게 전달할 수 있을까 생각했다. '사연 많은 커피'가 뭐 어때서.

세 개의 문

에콰도르의 마리오와 세르비오

마리오의 문

과야킬 공항 입국장 문이 열렸다. 이제 에콰도르다. 고개를 들어 주위를 두리번거리니 덥수룩한 수염을 가진 사내가 나를 향해 손을 흔들며 다가왔다. 비행기가 두 시간이나 연착해 오래 기다렸을 텐데도 마냥 즐거운 표정이다. 그의 이름은 마리오. 멜버른에서 토목공학을 전공했는데 커피가 너무 좋아 박봉에도 불구하고 커피 회사에서 일하고 있다. 처음 커피에 영혼을 사로잡힌 사람들 대개가 그러하듯 그는 사무실로 향하는 차 안에서 쉴새없이 커피 얘기를, 사실은 자신의 희망을 이야기했다.

수출업체 건물에 도착하자마자 마리오는 자신이 일하는 곳을 보여주겠다며 나를 이끌었다. 오래된 단층 건물 한쪽의 하얀색 문을 열자 자그마한 랩lab이 나왔다. 설비라곤 한국에서는 이제 찾아보기도 힘든 낡은 에스프레소 기계와 오래되어 제조사조차 알 수 없는 그라인더, 30년이나 되었다는 작은 샘플 로스터가 전부였다. 커핑을 위한 동그란 테이블과 커피 샘플들로 가득한 책장도 있었다. 문밖의 세상보다 더딘 시간이 흐르는 랩이었다.

마리오는 다음주 바리스타 국가대표 선발전에 출전한다며 시연 대본을 보여줬다. 처음에는 약간 쑥스러워하더니 곧 신이 나서 대본에 관해 얘기했다. 대회용 에스프레소도 먹어봐달라며 커피를 뽑아주는데 긴장한 눈빛이 역력하다. 가끔 내가 커피가 맛없다고는 도저히 말할 수 없게 만드는 눈빛이 있다. 단순한 기대를 넘어 열정과 절실함에 순수함이 더해진 드문 경우다. 대회용 원두 로스팅은 어떻게 준비하느냐고 물으니 100그램 샘플 로스터로 서른 번 볶은 후 섞어 쓴다고 했다. 로스터도 없는데 바리스타 국가대표 선발전을 준비하려고 애쓰는 그의 무모함이 한편으로 어이가 없고 한편으로는 너무 좋아서 웃고 말았다. 나는 곧 커피 산지가 있는 내륙 지방으로 떠나야 했기 때문에 그의 대회 시연을 보지 못했다. 열흘 뒤 과야킬로 돌아와 보니 마리오는 대회에서 실수해 결선에 오르지 못했다며 아쉬워했다. 그래도 그는 마냥 환하게 웃으며 손을 흔들고 작별 인사를 건넸다. 문이 닫히는 소리, 그가 다시 꿈을 꾸기 시작하는 소리.

세르비오의 문

과야킬에서 에콰도르의 주요 커피 산지인 로하까지는 차로 여덟 시간이 걸렸다. 오후 느지막이 도착한 어느 산허리. 작고 마른 체구를 가진 세르비오가 우리를 맞았다. 그의 얼굴에는 깊은 주름이 가득했고 악수를 하는 그의 손은 오랜 농사일로 손가락 마디가 모두 굵고 굽어 있었다. 그는 나무 막대 몇 개와 철조망을 엮어 만든 엉성한 울타리 문을 땅에서 뽑더니 우리에게 들어오라 손짓했다. 농장까지 그를 따라 가파른 산길을 한참이나 올라가는데 도저히 그의 빠른 발걸음을 쫓을 수 없어 연거푸 가쁜 숨을 몰아쉬어야 했다.

그의 커피밭은 처참할 정도로 커피녹병 피해가 심각했다. 커피나무들은 잎이 다 떨어지고 앙상한 가지만 남아 마치 땅에 나무 막대기들을 아무렇게나 꽂아놓은 듯했다. 커피녹병이 창궐하기 전에는 8헥타르 규모의 농장에서 60킬로그램짜리 포대bag

로 약 스물다섯 포대 정도의 커피를 생산해 가족이 근근이 생활했는데 커피녹병이 발생한 해에는 일곱 포대, 그다음해는 다섯 포대밖에 수확하지 못했다고 한다. 커피녹병을 어떻게 관리하고 있느냐고 세르비오에게 물었더니 농약이나 비료 살 돈은 없고 동네 소문에 커피나무 밑동에 염소똥을 좀 뿌려주면 좋다고 해서 그렇게 하고 있다고 한다. 자세히 살펴보니 동글동글한 똥이 이파리 하나 남아 있지 않은 커피나무 아래마다 한 움큼씩 놓여 있었다. 절망적이었다.

그가 새로운 희망이라며 나를 데려간 곳은 일종의 묘목장이었는데 너무 초라하고 작아서 나무 그늘에 한 무더기 묘목을

오랜 농사일로 손 마디마디가 굽어 있던 세르비오.

모아놓은 것이 전부였다. 이 묘목들이 더 자라면 커피밭의 죽은 나무를 베어내고 옮겨 심을 예정이라고 한다. 품종이 뭐냐고 물었더니 정부 관계자가 튼튼한 품종이라고 해서 심은 거라며 이름은 파카스Pacas란다. 아연실색했다. 파카스는 커피녹병에 매우 취약한 품종으로 업계에는 이미 이 사실이 널리 알려져 있었다. 차마 이 얘기를 그의 새로운 '희망' 앞에서 할 수는 없었다.

농장을 둘러봐도 펄퍼가 보이지 않아 어디 있느냐고 물었다. 작년까지는 이웃 농장에서 빌려 썼는데 올해는 외국 커피 회사가 새로 대여해줬다며 밝게 웃었다. 100달러면 살 수 있는 펄퍼도 없이 수십 년 동안 커피 농장을 운영해왔다는 것이 믿기지 않았다. 그는 펄퍼를 보여주겠다며 낡은 창고 문을 열었다. 낮인데도 문 안쪽은 매우 어두웠다. 열린 문을 통해 들어오는 빛이 그제야 살림살이를 드러냈다. 거긴 그의 집이었다. 방 한쪽 매트리스에는 그의 아내가 이불을 머리끝까지 뒤집어쓰고 우리가 얘기하는 동안에도 가만히 누워만 있었다. 그곳은 문밖의 세상과 단절된 시간이 웅크리고 있었다.

내가 마리오를 다시 만난 것은 그로부터 2년 후 서울에서 열린 세계 바리스타 챔피언 대회에 그가 에콰도르 국가대표로 참

석했을 때다. 그는 전 세계 국가대표가 모인 대회에서 조금도 떨거나 주저하지 않으며 흥겹고 인상적인 시연을 펼쳤다. 그의 연습을 도우며 보낸 며칠간, 내가 일하는 회사 사무실이 2년이라는 시간을 뛰어넘어 과야킬에 있는 그의 랩과 문 하나를 사이에 두고 이어져 있다는 느낌이 들었다. 그는 결국 본선 진출에 실패했지만 그를 포함한 누구도 그가 패배자라고 생각하지 않았다. 그는 남은 서울 일정 모두를 본선에 진출한 케냐 국가대표의 대회 준비를 돕는 데 썼다. 몇 년 전 세르비오의 소식도 전해 들을 수 있었다. 그는 최고의 에콰도르 스페셜티커피를 가리는 대회인 타사 도라다Taza Dorada에서 우승을 차지했다. 내 불안한 우려와 짐작이 빗나가서 통쾌하고 기뻤다.

나의 문

나에게는 어려서부터 지워지지 않는 환영이 하나 있다. 이제 막 불이 꺼진 어두운 극장 안. 영화가 곧 시작하려는 찰나에 출입문이 덜 닫혔는지 빛이 새어들어 문의 실루엣이 드러난다. 아주 희미한 빛이어서 눈이 부시거나 영화를 방해할 정도는 아니다. 이윽고 영화가 시작됐지만 나는 영화가 보여주는 새로운 세상에 집중하지 못한다. 실루엣으로 빛나는 문은 영화 밖 다른 세계가 있다는 강력한 증거이고 그것은 더없이 매혹적이어서 영화가 주는 설렘을 압도한다.

나는 그후로 교실에 앉아서도, 내 방 침대에 누워서도 어둠 속에서 빛나는 문밖의 세계를 상상하며 내가 납득할 수 없는 어른들의 시간을 견뎌나갔다. 이 세상이 만들어내는 모든 기쁨과 슬픔, 의미와 무의미, 감각의 다발들이 극장 영화처럼 언젠가 끝날 것이고 그때는 모든 것이 다르게 보이리라 믿으며 눈앞의 현실에 깊이 몰입하지 못했다. 당시에는 문을 열어도 열어도 끝없이 또다른 문으로 이어지는 어른으로서의 세상에 대해 알지 못했지만, 문밖에서 펼쳐질 매혹에 사로잡힌 손은 지금도 여전히 문고리만을 좇고 있다.

"어쩌다 커피 일을 하게 되었나요?"라는 질문을 받으면 나는 늘 "커피를 좋아해서요"라고 답한다. 그러고 나서 상대방의 눈을 들여다보면 한심하다는 듯 속으로 이렇게 말하고 있는 듯하다. 대다수의 사람은 서커스 좋아한다고 서커스 단원이 되지 않고 야식 좋아한다고 야식을 팔지는 않아요. "네. 맞아요. 좋아하는 것을 업으로 삼을 수 있다는 것은 축복이죠." 다만 축복이라고 해서, 살며 일하며 아무 문도 열지 않아도 되는 것은 아니다. 어떤 문 너머에는 막다른 길이나 낭떠러지도 있었고 열었던 문을 닫고 뒤돌아 나오는 길은 늘 길고 실망스러웠다. 하

지만 나는 여전히 문밖이 궁금하다. 그곳에는 늘 미지의 사람과 사건이 기다리고 있을 테니. 새로운 세상이 열리고, 한 세상이 닫히고, 나아가고 헤어지고, 보여지고 가려지고, 그러면서 마음의 문들을 여닫고. 그러고 보니 어떤 문은 한번 닫힌 후 영원히 다시 열리지 않았다. 아니, 차마 다시 열지 못했다. 하지만 위로가 되는 성경 속 어느 구절, "좁은 문으로 들어가기를 힘쓰라".

문밖으로

호텔 방문이 스르륵 열리는 소리에 잠이 깼다. "Pil, vamos(필, 가자!)" 문을 열고 서 있는 현지 파트너의 그림자가 아침 햇살에 침대맡까지 길게 걸려 있었다. 다음 농장은 어디였더라, 눈을 비볐다. 이곳은 위도 0도선, 적도가 지나는 곳, 에콰도르.

부끄러운 기억

인도네시아 수마트라의 헨드리

지금 호텔 창문 밖으로는 열대의 밤을 식혀주는 비가 내리고 있다. 오늘은 마침 토요일. 저 아래쪽으로 보이는 도로에는 한가득 차와 오토바이 행렬이 만들어내는 불빛들이 길게 꼬리를 물고 이어져 있다. 이곳은 인도네시아 수마트라의 메단.

맛있는 요리를 만들기 위해서 좋은 재료가 제일 중요한 것처럼, 맛있는 커피를 만들기 위해서는 품질 높은 생두를 확보하는 것이 가장 중요하다. 하지만 전 세계 스페셜티커피 회사들 모두가 똑같은 생각을 갖고 있어서 물밑 경쟁이 치열하다. 그나마 각국의 수확 시기에 맞춰 일찌감치 커피 산지로 직접 찾아 나서는 것 말고는 뾰족한 수가 없다.

그러다보니 꽤 많은 사람을 현지에서 만나게 된다. 그중에는 업무상 가볍게 스쳐지나는 사람들도 있고, 짧은 시간이지만 깊은 인상으로 남는 사람들도 있다. 커피업도 결국 사람이 하는 일이다. 커피 한 잔을 앞에 놓고 있자면 그 향미는 이내 거기에 담긴 사연과 사람에 대한 기억으로, 그리고 어느새 그들이 있는 정경들로 이어진다.

알았어? 새끼야

그의 이름은 헨드리. 메단 공항으로 나를 마중나왔다. 그는 내가 방문한 커피 생두 수출업체의 총괄 책임자다. 메단에서 멀리 떨어진 커피 농장을 방문하고 다시 메단으로 돌아와 보낸 닷새간의 일정 내내 이런저런 얘기를 나누었고 우리는 금세 친해졌다.

헨드리는 원래 해산물을 취급하는 회사에서 일하다가 5년 전 지금 회사로 스카우트되었다. 1년 내내 커피 수매 및 판매를 위해 토라자, 플로레스, 자바 등 인도네시아 전역과 아시아 곳곳을 돌아다닌다. 매년 스타벅스를 포함한 일본과 유럽의 커피 회사에 커피를 판매하느라 늘 바쁘다. 며칠 전 말레이시아에서 바로 자바로 떠났어야 하는데 갑자기 나를 안내하게 돼서 급하게 귀국했다. 이번에 자바로 떠나면 커피 수확 시기 내내 체류하면서 커피를 수매해야 한다. 수매 기준이 있는지 물어보니 이제 이골이 나서 생두 외관만 봐도 안다고 하는데 믿어야 할지.

세계 각국의 커피 바이어를 맞는 일 또한 그의 주요 업무다. 그래서인지 여러 나라 커피 업체 바이어들의 이름을 신기할 정도로 잘 기억하고 있었다. 헨드리는 한국말도 몇 마디 할 줄 안다며 "알았어?" "새끼야"라고 말했다. 한국에서 일하다 돌아온 친구가 알려줬다고 하는데 순간 부끄러워 얼굴이 달아올랐다.

아무튼 헨드리는 세계 스페셜티커피 업계의 트렌드와 상황들을 줄줄이 꿰고 있었고 자기네 회사가 인도네시아에서 첫번째로 스페셜티커피를 핵심 의제로 설정했다며 자부심이 대단했다. 스타벅스의 하워드 슐츠 전 사장이 제일 좋아하는 커피가 무엇인지 아느냐고 물어보더니 이내 에이징aging한(적절한 보관 조건에서 커피 생두를 일부러 몇 년간 묵혀 독특한 풍미를 내게 한) 수마트라 만델링이라고 신이 나서 말해줬다. 한번은 외국에서 온 바이어가 농장과 가공 과정을 둘러보더니 무척이나 아는 체하며 커피 가공 기술을 브라질에서 배워야겠다며 훈계조로 얘기했단다. 그러자 헨드리는 브라질과 이곳 커피는 재배 환경과 역사, 소비지에서의 활용도가 다르므로 무조건 브라질을 따라해야 한다는 것은 잘 모르는 소리다. 그런데 너희, 커피는 길러

봤니? 하고 답했다고 한다. 멋진 친구다.

유쾌함 속에 숨겨진 아픈 기억

수마트라 만델링 위주로만 알려졌지만 인도네시아는 커피 재배 역사가 300년이 넘는 오랜 전통을 갖고 있고, 생산량 또한 많아서 2020년 기준 세계 4위다. 커피 애호가 사이에서 수마트라 커피는 개성이 강한 것으로 유명하다. 전통적으로 내려온 길링 바사Giling Basah라는 독특한 생두 가공 방식 때문이다. 길링 바사는 생두가 충분히 마르지 않은 상태로 생두를 감싸고 있는 얇은 껍질인 파치먼트parchment를 벗겨낸 후 건조한다. 이런 과정은 커피가 가진 산미를 떨어뜨리고 바디감과 단맛을 증대시키며 고유의 발효취와 흙냄새, 입 안과 코를 자극하는 스파이시한 향미를 만든다. 그리고 커피 생두를 유난히 깊은 푸른색을 띠게 한다.

하지만 세계적인 스페셜티커피 시장의 확대는 인도네시아에도 새로운 흐름을 만들어내기 시작했다. 최근에는 수세식, 자연건조식, 펄프드 내추럴 등 외국 산지의 다양한 가공 방식을 도입하고 있다. 이런 시도는 수마트라 커피 고유의 발효취를 제거하고 산미와 클린컵Clean Cup을 개선해 국제적인 스페셜티커피 기준에 맞추기 위한 것이다. 수마트라 커피는 소농들이 텃밭에 커피나무를 심어 개별적으로 수확한 후에 중간상인이 이를 수합해 섞어서 판매하는 방식으로 오랫동안 유통되었다. 그러다 보니 스페셜티커피에서 선호하는 농장 단위 커피를 찾기가 어려웠다. 하지만 최근에는 각각의 농장에서 품종별로 재배 구역을 나누어 커피를 기르고 구분해서 판매하는 시도가 많아지고 있다.

우리는 농장을 둘러본 후 숙소 야외 테라스에서 더 깊은 이야기를 나눴다. 헨드리는 중국계인데 중국어를 거의 못한다고 해서 왜인지 물었다. 그의 아버지는 트럭 운전사였고 자신을 포함해 일곱 명의 남매가 있었는데 매우 가난한 유년 시절을 보냈단다. 부모님은 중국어를 잘하셨지만 종일 돈 버느라 바빴고 자신은 중국어를 배울 새도 없이 빈민촌의 인도네시아 친구들과만 어울렸기 때문이라고 했다. 그러면서 "가난하게 태어난 건 비난받을 수 없지만, 죽을 때 가난한 건 비난받아야 한다"는 자신의 신조를 말해줬는데 조금은 비장하게까지 느껴졌다.

그는 인도네시아에서 중국계로 사는 어려움도 얘기했다. 불과 얼마 전까지 중국계는 외국인 여권을 소지해야 했고 1998년에는 중국계를 향한 심각한 폭동이 발생해 많은 사상자가 나왔다. 그는 아직도 그 당시 자신이 살던 집이 돌에 맞아 부서지고 바로 옆집이 강탈당했던 기억이 생생하다고 했다. 시종 유쾌하기 그지없던 이가 아픈 기억을 꺼내놓더니 이내 심각해졌다. 우리는 조용히 맥주 캔을 들어 건배했다.

내가 떠나던 일요일, 헨드리는 쉬는 날인데도 불구하고 내가 늦은 저녁 비행기로 가는 것을 보겠다며 일찌감치 호텔 앞으로 나왔다. 그러고는 메단에서 가장 큰 쇼핑센터의 서점에 데려가서 인도네시아와 수마트라 지도를 사줬다. 감동도 잠시, 앉아서 함께 커피를 마시다 "휴일인데 나 일찍 공항 데려다주고 좀 들어가 쉬라"고 했더니, 헨드리는 "네가 띨띨하게 비행기 못 타서 내일 다시 나타날까봐 그렇게 못하겠다"고 받아쳤다.

저물녘 공항으로 들어가는 내게 그가 한마디 건넸다.

"새끼야."

부끄러웠던 그 단어, 그의 유쾌한 호명에 돌아서며 정답다 생각했다.

한국, 그리고 세계의 커피 산업

1. 커피 한 잔 가격에서 생산자에게 돌아가는 비율은 1퍼센트 내외다

(자료 출처: International Trade Center)

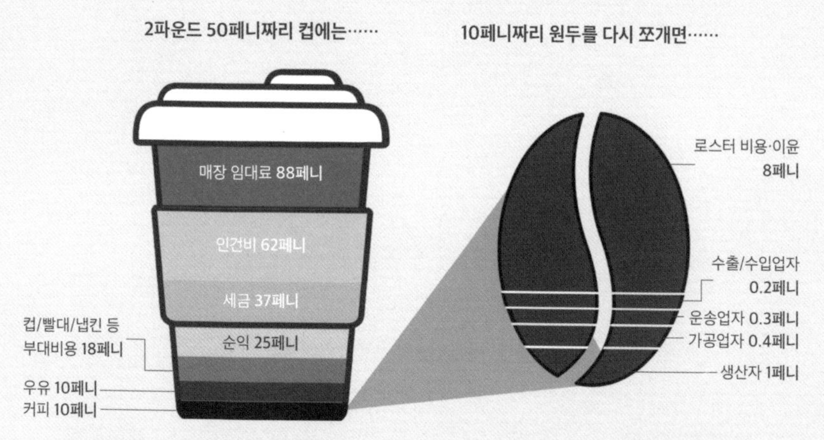

(단위: 파운드/페니)

1년 동안 커피 농사를 지은 생산자에게 1페니가 돌아갈 때, 몇 시간도 걸리지 않는 공정 비용으로 0.4페니가 커피 가공소에, 커피를 트럭으로 항구까지 운송해주는 운송업자에게 0.3페니가 돌아간다. 커피 소비국에서는 카페라테에 들어가는 우유에 생산 원가의 10배, 커피숍 매장 인건비로 62배를 지불한다. 1파운드는 100페니이고, 원화로 약 1470원이다.

2. 커피 생두 거래 가격은 지난 45년 동안 오르지 않았다

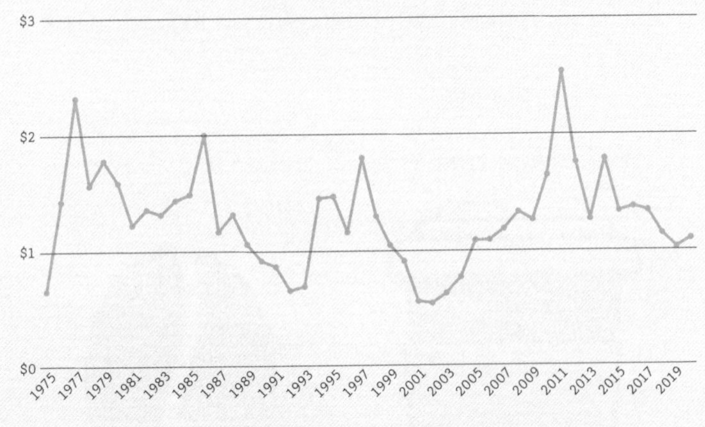

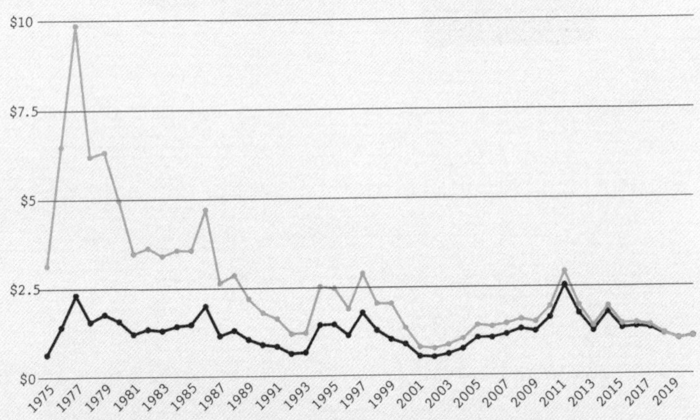

45년 동안의 인플레이션을 적용하면 현재 커피 생두 가격은 오히려 떨어졌다.

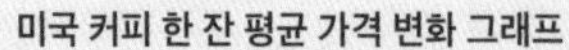

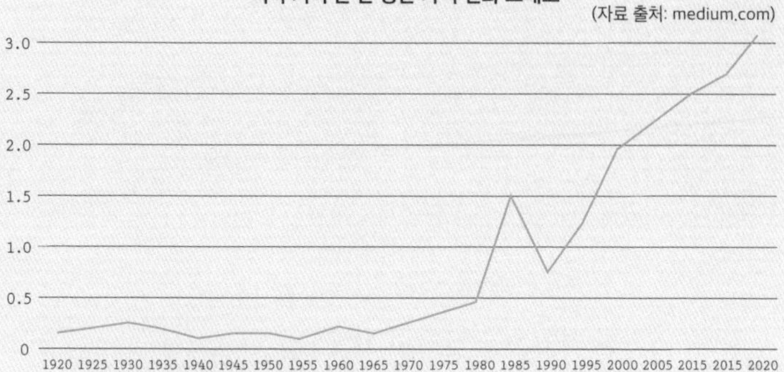

45년 동안 미국의 커피 한 잔 가격은 6배 이상 올랐지만 커피 생두 가격은 오르지 않았다.

3. 우리나라는 1년간 한 사람이 353잔의 커피를 마신다

한국의 1인당 커피 소비량

(자료 출처: 현대경제연구원)

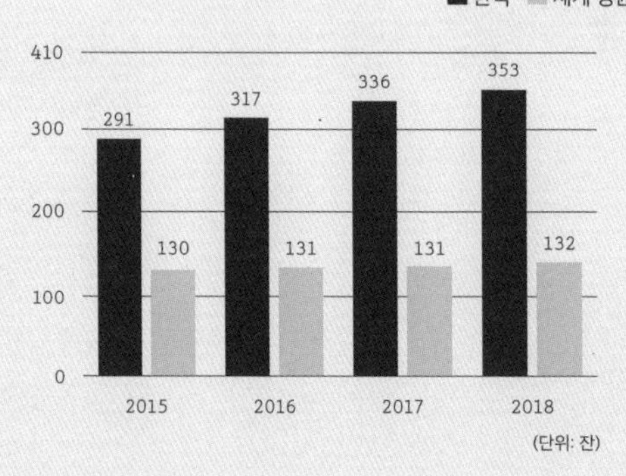

한국은 2018년 기준 1인당 연간 353잔, 2.3킬로그램의 커피를 소비했고 매년 증가하고 있다. 한국은 현재 세계 6위의 커피 수입국이며 가장 빠르게 커피 소비가 증가하는 국가다. 2020년 기준 국내 커피 시장 규모는 11조원이다.

4. 2020 국가별 커피 생산량과 소비량

2020년 예상 1인당 커피 생산량 국가별 순위

(자료 출처: worldatlas.com)

순위	국가	생산량
1	브라질	2,592,000
2	베트남	1,650,000
3	콜롬비아	810,000
4	인도네시아	660,000
5	에티오피아	384,000
6	온두라스	348,000
7	인도	348,000
8	우간다	288,000
9	멕시코	234,000
10	과테말라	204,000

(단위: 톤/ 아라비카, 로부스타 포함)

오늘날 커피 산지 대부분은 식민지 시절부터 커피를 생산하기 시작해 현재까지 이어지고 있다.

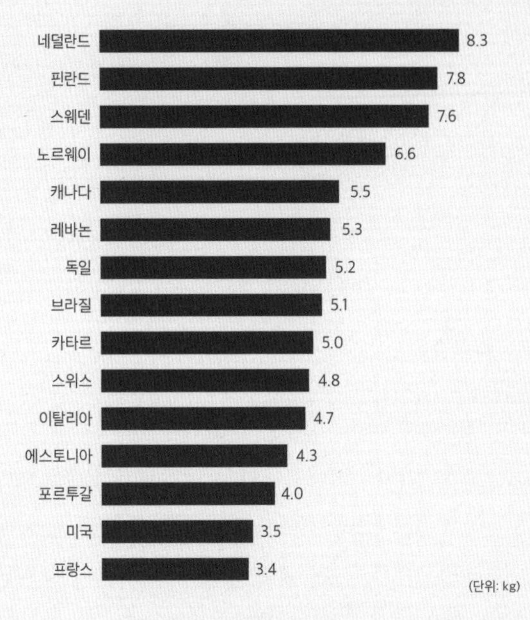
2020년 예상 1인당 커피 소비량 국가별 순위
(자료 출처: statista.com)
네덜란드 8.3
핀란드 7.8
스웨덴 7.6
노르웨이 6.6
캐나다 5.5
레바논 5.3
독일 5.2
브라질 5.1
카타르 5.0
스위스 4.8
이탈리아 4.7
에스토니아 4.3
포르투갈 4.0
미국 3.5
프랑스 3.4
(단위: kg)

커피는 어디에서 길을 잃었을까

케냐 웅다로이니의 커피 가공소 사람들

〈아웃 오브 아프리카〉. 케냐를 배경으로 한 아름다운 영상과 음악이 돋보이는 이 영화는 특히 사랑에 대한 소묘로 유명하다. 주인공 카렌이 열정적으로 커피 농장을 일궈나가는 장면에 특히 눈길이 갔다. 덴마크인 카렌은 블릭센 남작과 결혼해서 케냐로 이주했다. 카렌은 영국 식민지 시절 케냐에서 대농장을 경영하는 부유한 백인 농장주였지만 농장에서 일하는 키쿠유 부족을 존중하고 그들의 주거와 의료, 교육을 개선했다. 1차세계대전이 터져서 전운이 드리워도, 남편이 자신과 농장을 버려두고 밖으로만 나돌아도, 새로운 연인 데니스와 사랑하고 헤어져도 카렌은 커피 농장에 온 힘을 쏟았다. 하지만 그녀의 농장이 있

카렌이 살던 집. 현재는 카렌 블릭센 박물관이 되었다.

던 지역은 토양과 기후가 커피 재배에 적합하지 않았고 계속된 가뭄으로 재정적으로 큰 손실을 보았다. 결정적으로 커피 가공소에 불이 나면서 그녀는 17년 동안의 케냐 생활을 정리하기로 마음먹는다. 카렌은 농장을 토지개발업자에게 넘기며 키쿠유 부족을 쫓아내지 않겠다는 약속을 받았다. 지금도 나이로비 남서쪽에 위치한 이 넓은 지역은 '카렌'으로 불린다. 카렌은 아프리카를 떠난 후 다시 돌아가지 않았다. 카렌이 귀국 후 덴마크에서 출간한 동명의 자전소설은, "나는 아프리카 응공 언덕 기슭에 커피 농장을 갖고 있었다"로 시작한다. 그녀에게 커피는, 커피 농장을 경영한다는 것은 무엇이었을까?

바리스타가 사랑한 바리스타

이곳은 케냐의 수도 나이로비. 나는 마틴을 만나러 가는 길이다. 그는 도심에 새로 개장한 복합 쇼핑몰의 커피숍에서 바리스타로 일하고 있다. 매번 느끼지만, 나이로비 도심은 커피밭이 펼쳐진 케냐의 농촌과는 큰 이질감이 느껴질 정도로 다른 세상이다. 나이로비는 동부 아프리카의 핵심 도시로 UN 아프리카 본부와 여러 산하기구, NGO 사무실, 아프리카 시장에 진출한 유명 외국 기업이 많이 자리잡고 있어서 늘 활기 넘친다. 마틴은 케냐가 훌륭한 커피를 생산하는 나라임에도 불구하고 정작 케냐 사람들은 수출하고 남은 품질 낮은 생두와 투박한 로스팅, 바리스타의 기술 부족으로 좋은 품질의 커피를 마시기 쉽지 않다며 안타깝게 생각했다. 그의 꿈은 케냐 사람들에게 최고의 케냐 커피를 제공하는 것이다.

내가 마틴을 처음 만난 것은 2017년 서울에서 치러진 세계 바리스타 대회를 얼마 앞두고였다. 케냐 대표가 연습할 공간을 찾지 못했다는 소식을 듣고 회사 연습실을 내줬다. 마틴은 늘 웃는 얼굴에 친절해서 우리 직원들 모두 그를 좋아했다. 대부분의 선진국 바리스타 대표는 팀을 이뤄 대회에 참가한다. 그들의 대회용 기물은 화려하고 시연 대본은 커피 업계 트렌드를 충실히 반영하고 있다. 마틴은 홀로 트렁크 달랑 들고 왔는데 기물이 모두 너무 낡고 온전하지 않아 도저히 그대로 대회에 들고 나갈 수 없을 정도였다. 내가 종용해서 우리는 같이 장을 보러 갔고 구할 수 있는 기물을 급하게 구했다.

예선이 끝나고 마틴을 도와주러 함께 대회장에 갔던 직원으로부터 연락이 왔다. 출전을 앞둔 선수들은 순번에 따라 무대 뒤편 연습실에서 시연을 준비한다. 그런데 곧 무대에 올라가야 하는 헝가리 선수가 탄식과 함께 자리에 주저앉았다. 준비한 기물이 파손된 것을 그제야 발견한 것이다. 하지만 다른 선수들도 잠시 후 출전해야 하는 상황이어서 선뜻 자신의 기물을 빌려주기가 쉽지 않았다. 그때 마틴이 흔쾌히 자기 기물을 빌려주겠다고 말했다. 순간, 헝가리 선수뿐만 아니라 연습실에 있는 모든 선수가 놀랐다. 다행히 시연을 마친 헝가리 선수는 기물을 늦지 않게 마틴에게 돌려줬고 마틴도 준비한 시연을 잘 끝냈다. 나중에 전해 들었는데, 마틴은 대회에 참가한 국가대표 바리스타 가운데 가장 인기 많고 사랑받는 바리스타였다고 한다. 바리스타가 사랑해 마지않는 바리스타라니. 그는 높은 점수가 아니라, 많은 사람이 바리스타의 가장 중요한 자질이라고 말하는 환대와 배려의 트로피를 거머쥐었다. 그는 총 열여섯 명을 뽑는 준결승에 아프리카 바리스타 최초로 진출했고 스페셜티커피를 알리기 위한 세계 올스타 바리스타로 선정돼 전 세계 커피 행사에 참여하며 바쁜 한 해를 보냈다.

모두 함께 만들어낸 커피혁명

케냐의 가장 중요한 커피 산지는 나이로비에서 북쪽으로 150킬로미터 정도 떨어진 중부고원의 니에리 근방이다. 간선도로에서 벗어나 황톳빛 흙먼지를 뒤집어쓰며 비포장도로를 얼마간 더 달리면 응다로이니 커피 가공소가 나온다. 케냐는 고품질 커피로 유명하지만 최근 수확량과 품질이 떨어지면서 예전의 명성을 잃어가고 있다. 이상기후의 영향도 있지만, 그보다는 케냐가 가진 커피 거래구조 탓이 크다.

커피 가공소에는 적게는 수백 명에서 수천 명의 소규모 커피 생산자가 속해 있다. 그들은 텃밭에서 기른 커피열매를 수확해서 가공소로 가져온다. 그러면 커피열매 껍질을 벗긴 후 발효시키고 건조해서 파치먼트로 만든다. 가공소는 상위 조합에 소속되어 있는데 조합은 판매 대리인을 고용해서 커피를 드라이 밀(건식 도정소)과 수출업자에게 넘기고, 수출업자는 대부분의 커피를 커피 경매소를 통해 수입업체에 판매한다. 각 단계에서 수수료가 발생한다. 그런데 문제는 판매대리인, 드라이 밀, 수출업자, 수입업체가 모두 동일한 다국적기업에 소속된 구조라는 점이다. 내부 거래인 셈이다. 이런 식으로 소수의 다국적기업이 수직 계열화를 통해 시장을 독점 지배하다보니 생산자 편에서 이익을 대변하는 주체나 구조적 장치는 없다. 케냐 커피는 품질이 좋은 만큼 국제 거래가격이 비싼데 정작 케냐의 커피 생산자는 턱없이 낮은 대금을, 그것도 열매를 넘기고도 보통 5~6개월 후에 받는다. 그러다보니 커피 농사에 필요한 최소한의 비료와 농약, 설비를 살 수 없고 커피 생산량과 품질은 떨어지기 일쑤다. 결국 다음 수확 때는 더 적은 대금을 받게 되고 악순환이 계속된다.

하지만 2019년 네덜란드 스페셜티커피 수입업체 트라보카가 응다로이니 가공소 생산자와 함께 이런 고질적인 문제에 대한 대응 방안을 공유하고 다국적기업에 속하지 않은 독립 드라이 밀과 수출업체를 끌어들여 다 함께 도전을 시작했다. 가공소와 구매업체 간 직거래를 트는 것이다. 이 방식은 더 많은 이익을 생산자와 소비자에게 돌려줄 수 있다. 하지만 다국적기업 카르텔의 반발도 만만치 않았다. 이런 시도가 성공하면 다른 커피 가공소들의 이탈을 막을 수 없기 때문이다. 정치적 로비가 시작됐고, 가공소에 보관된 커피를 탈취하려는 시도마저 있었다. 가공소의 전기를 차단하겠다는 협박과 다시는 커피 거래를 하지 못하게 하겠다는 위협까지 받았지만 천여 명의 응다로이니 생산자들은 흔들리지 않았다. 트라보카는 생산자가 커피를 가공소로 가져오는 즉시 기존의 커피 가격보다 최소 두 배 이상 되는, 케냐에서 가장 높은 금액을 지급했고 가공소 설비 개선을 위해 추가로 돈을 적립했다. 이렇게 응다로이니가 생산한 커피 전량을 구매했다. 이 프로젝트에 동참할 로스터가 필요하다는 소식에 우리는 기꺼이 함께하기로 했다. 우리가 구매하는 최종 가격은 다른 케냐 커피보다 비쌌지만, 그 가치와 가능성에 공감했기 때문이었다. 이런 커피 거래 방식은 지금까지 케냐 커피 역사에 없었고 케냐 언론에서는 이를 케냐의 커피혁명이라며 주목했다.

결과는 아주 흡족했다. 2020년 케냐 커피 작황은 작년에 이어 60년 만에 최악의 흉작을 기록했다. 낮은 커피 가격에 커피 농사를 포기하고 다른 작물을 재배하는 농가가 많아졌다. 이번에는 특히 병충해가 심했는데 대부분의 생산자는 농약을 구매할 돈이 없어서 커피나무가 병에 걸려 죽어가는 것을 보고 있어야만 했다. 하지만 응다로이니 생산자는 수확량이 작년보다 오히려 두 배로 늘었다. 작년에 받은 높은 판매 대금으로 비료와 농약을 구매하고, 농장을 돌볼 수 있었기 때문이다. 수확량이 늘어난 만큼 응다로이니 생산자의 올해 수입은 작년의 두 배가 되었다. 내가 방문한 날은 마침 가공소 생산자 회의가 있었다. 많은 생산자 앞에서 응다로이니 가공소 대표는 나를 응다로이니 프로젝트의 일원이라고 소개했다. 생산자들 표정이 무척 밝았다.

우리는 가공소에서 나와 인근 커피 농가를 방문하기 위해 오솔길로 들어섰다. 마중나온 여성 생산자는 큰 소리로 우리를 반겨주었다. 그녀의 걸음은 무척 빨랐고 나는 좁고 발이 빠지는 질퍽한 농로를 허둥대며 따라갔다. 그녀는 우리를 부엌으로 먼저 안내했다. 한쪽에는 아궁이가, 다른 한쪽에는 나무 땔감과 마른풀이 쌓여 있었다. 케냐 시골에서는 여자아이들이 부엌에서 일하다가 화상을 입거나 연기를 마셔 건강이 나빠지는 경우가 많다. 더군다나 땔감으로 쓰기 위해 인근 산의 나무를 베어내면서 산이 황폐해졌고 가뭄이 심해지고 기온 상승폭이 가팔라졌다. 이번에 트라보카가 응다로이니 조합원 가정 모두에 기증하기로 한 태양열 충전식 전기스토브는 그런 점에서 꽤 편

아직 나무를 베어 땔감으로 쓰는 케냐의 시골에서 전기스토브는 유용한 조리도구다.

리하고 안전한 조리도구다. 새로 받은 스토브를 꺼내 보여주는 그녀의 얼굴에 미소가 가득했다. 그녀는 스토브로 끓였다며 응다로이니 커피를 우리에게 권했다. 우리 회사는 응다로이니 전체 350가구에 필요한 스토브 중 50개를 기증했다.

케냐 일정을 마치고 귀국하는 길. 교통체증은 심하고 생각은 꼬리를 문다. 마틴이 일하는 최신식 쇼핑몰의 커피숍에서 좁은 농로를 따라 길게 이어진 길 끝 커피 농가의 부엌까지. 케냐 커피가 배를 타고 멀리 유럽과 미국, 한국의 근사한 스페셜티커피숍에서 소비되기까지, 커피는 다양한 공간에서 변주된다. 100년 전 카렌의 커피 농장과 오늘날 응다로이니 가공소의 모습에는 놀라울 정도로 큰 차이가 없다. 세상은 혁명적으로 변모했지만, 이곳은 그 세상에 포함되어 있지 않은 것이 분명하다. 이런 것을 비동시성의 동시성이라고 하는 걸까.

커피를 바라보는 입장과 관점은 다르지만, 커피는 많은 사람의 노력과 도전 속에 공간과 시간의 이질성을 관통하고 커피 거래구조의 다층적인 면면을 지나 우리에게 온다. 숱한 우여곡절을 거치며 커피를 기른 생산자들의 얼굴은 지워지고, 커피를 가공하고 유통하는 브랜드가 그 자리를 대신 채운다. 마침내 소비자의 손에는 브랜드만이 크게 인쇄된 컵이 쥐어진다. 커피는, 그리고 우리는 그 어디쯤에서 길을 잃은 것일까. 카렌이 커피 농장을 운영할 때 가뭄으로 타들어가는 커피밭을 보며 어머니에게 보낸 편지에는 이렇게 쓰여 있었다. “나중에 내가 어디에 있더라도, 나는 응공에 비가 내리는지 궁금해할 거예요.”

랭보의 커피, 나쁜 피

에티오피아 카파의 칼디와 랭보

칼디라는 이름을 가진 목동이 수도승에게 말했다.

"염소들이 이 열매를 먹고 눈이 밝아져 밤에도 잠을 자지 않고 춤을 추었습니다. 기이한 생각이 들어 가져왔습니다."

수도승은 가만히 소년의 얼굴과 과일을 바라보았다. 그는 무심하게도 이 열매를 불에 던져버렸는데, 열매가 구워지면서 매혹적인 향이 방을 가득 채웠다. 수도승은 불씨를 뒤적여 구워진 씨앗을 꺼냈다. 윤기가 배어난 까만색 콩은 화롯불에 영롱하게 반짝였다. 성경의 한 대목처럼 "먹음직하고 보기에 탐스러울뿐더러 사람을 영리하게 해줄 것 같"기도 했다. 잘 빻아서 뜨거운 물을 부어 마셨더니 평소와 달리 눈이 밝아졌고 그로부터 야간 기도가 이어지는 수많은 밤을 견딜 수 있었다.

이것이 커피의 유래에 대한 설화다. 에티오피아 남서부, 커피의 기원이자 어원인 카파 지역에는 지금도 비슷한 이야기가 다양한 버전으로 전래하고 있다. 칼디 이야기는 17세기에 이르러서야 유럽에 전해졌다. 카파에서는 1990년대까지도 표기 문자를 사용하지 않아서 모든 과거 일은 구전을 통해서만 내려왔기 때문이다. 카파는 에티오피아 수도 아디스아바바에서도 수백 킬로미터 떨어진 남서부 고지대의 깊은 숲에 둘러싸여 있다. 이 지역은 외부에서 접근하기 힘든 곳이었고 카파의 영주는 오랫동안 외지인에게 적대적이었다. 서구인들은 19세기 중반이 돼서야 카파의 실체를 알게 되었다. 카파 사람들이 언제부터 커피를 마셨는지 정확하게 알 수 없다. 하지만 2004~2005년 미국-프랑스 연합 고고학 프로젝트는 카파 남부, 바위 틈새 피난처에서 부싯돌과 도구들, 몇 알의 커피콩을 찾아냈다. 탄소연대측정 결과 최소 1800년 전 것이었다.

랭보는 커피 무역상이었다

아르튀르 랭보는 열여덟 살에 「지옥에서 보낸 한철」을 써서 파란을 일으켰다. 동성 연인 폴 베를렌과의 연애도 마찬가지다. 그는 5년이 채 안 되는 짧은 기간 시를 쓰며 프랑스 시와 현대 문학에 큰 영향을 미쳤다. 그는 스무 살에 절필하고 세계를 떠돌았다. 랭보는 몇 년 뒤 예멘 아덴의 프랑스 커피 무역 회사에 취직했고 얼마 뒤 에티오피아 하라에 커피 교역 사무소를 차리기 위해 떠났다. 하라는 수피 무슬림들의 성지였고 지난 수백 년 동안 외지인들의 출입이 금지된 곳이었다. 그는 이 이야기를 듣자마자 자신을 하라로 보내달라고 회사에 강력하게 요청했다. 당시 하라는 번성한 무역도시였고 카파 왕국과는 대상 교역로로 이어져 있었다. 하라는 원래 커피가 자생하지 않는 지역이었는데, 학자들은 대상隊商이 카파에서 커피를 가져와 하라에 심었고 예멘을 통해 전 세계로 수출했다고 추측한다.

랭보는 하라 인근에서 생산한 커피와 여러 상품을 모아 프랑스로 보내며 커피 교역에서 수완을 발휘했다. 그는 에티오피아 커피를 유럽에 수출한 최초의 유럽인이었다. 하지만 커피 가격이 내려가자 그는 총기 사업으로 눈을 돌려 에티오피아 영주와 큰 거래를 성사시키기 위해 2년간 공을 들였다. 하지만 결국 실패하고 빈털터리가 되어 돌아왔다. 랭보는 다시 커피 일을 시작했다. 말을 타고 커피를 재배하는 지역 곳곳을 찾아다니며 공급처를 물색했다. 그는 어머니와 누이에게 보내는 편지에 하라와 에티오피아의 열악하고 참담한 현실에 대해 자주 불평을 늘어놓았다. 랭보는 하라에서 총 8년을 거주했다. 고향에서의 어린 시절을 제외하면 그의 인생에서 가장 오래 정주한 셈이다. 1886년, 폴 베를렌은 랭보의 시들을 모아 『채색 판화집 Illumination』을 출판했다. 베를렌은 랭보가 죽은 줄 알았고 책을 '고 랭보'에게 헌정했다. 어쩌면 당시 파리 사람들은 카페에서 랭보의 에티오피아 하라 커피를 마시며 그의 시집을 읽었을지도 모른다.

1891년 랭보는 오른쪽 다리에 종양이 심각해져 걷지 못하게 됐다. 그는 치료를 위해 12년 만에 프랑스로 돌아갔고 병원에서 오른쪽 다리를 절단했다. 그는 극심한 고통에 시달렸다. "하라로 다시 돌아가고 싶어. 나는 그곳에서 계속 살 거야." 랭보는 그렇게 불평했던 하라를 잊지 못했다. 그는 하라의 지인들에게 곧 돌아가겠다는 편지를 서둘러 보냈다. 결국 수술 뒤, 한 달도 채 되지 않아 그는 마르세유 항구로 향했지만, 병세가 악화돼 다시 병원에 입원했다. 그는 섬망중에도 항상 에티오피아 하라에 있는 자기 자신이 보인다고 했다. 랭보는 죽기 전날까지도 에티오피아로 돌아가는 배편을 알아봐달라고 요청했다. 그는 죽어서야 그가 진정한 평화를 느꼈던 이 세상 유일한 곳, 하라로 넋이 되어 돌아갈 수 있었다. 그의 나이 서른일곱 살이었다.

에티오피아 전통 방식으로 커피를 제조하는 모습.

커피 농사를 포기할 수밖에 없었던 사내

내 상상력은 보잘것없어서 내가 경험했거나 어느 책에서 읽었던 이상의 것을 떠올리지 못한다. 그래서 나는 매년 아디스아바바 공항에 내릴 즈음이면 언제나 칼디와 랭보를 생각한다. 에티오피아에는 지금도 도시와 시골 할 것 없이 염소 치는 목동을 쉽게 볼 수 있다. 염소가 커피열매를 주워 먹고 춤을 췄다는 소박한 설화는, 사실 여부와 상관없이 커피에 빠진 사람들을 오랫동안 매료시켜왔다. 고등학생 때 읽었던 랭보의 시는 이해할 수 없었지만 매우 인상적이었다. 회사를 시작하고 판매할 커피 브랜드 이름을 새로 지어야 했을 때, 나는 「나쁜 피」라는 그의 시 제목을 떠올리고 무척 흐뭇했다. 랭보는 말년에 커피 구매와 교역에 종사했으니 동종업계 선배가 아닐까 생각했다. 하지만 그의 시처럼 근사한 커피를 만들기란 여전히 쉽지 않다.

에티오피아는 2020년 기준, 아프리카 최대 커피 생산국이자 세계 5위의 생산량을 자랑하는 대표적인 커피 산지다. 에티오피아 사람들은 커피를 좋아하고 많이 마시는 것으로 유명하다. 생산량의 거의 절반 정도를 자체 소비할 정도인데 이는 커피 생산국 가운데 가장 높은 비율이다. 에티오피아 사람들은 하루에 세 번 정도 커피를 마신다. 어디를 가더라도 옹기종기 모여

커피를 앞에 두고 대화하는 모습을 볼 수 있다. 에티오피아에서 커피는 무역의 3분의 1 정도를 차지하는 주요한 외화 수입원이고 전체 인구의 4분의 1이 직간접적으로 커피 일에 종사하고 있다. 한편, 대부분의 커피 소비국에서 에티오피아 커피의 인기는 독보적이다. 한국 사람들은 신맛 있는 커피를 싫어한다면서도 산미가 꽤 풍부한 에티오피아 커피를 가장 좋아한다. 맛의 개성만 놓고 보면, 에티오피아 커피를 대체할 만한 커피는 존재하지 않는다.

하지만 에티오피아도 다른 커피 생산국이 현재 겪고 있는 어려움에서 자유롭지 못하다. 생산 원가에도 미치지 못하는 낮은 국제 커피가격으로 인한 빈곤의 악순환, 그리고 기후변화에 따른 병충해 증가와 생산량 감소다. 에티오피아처럼 커피가 경제와 문화에서 차지하는 비중이 높은 국가에서는 그 충격이 더욱 크다. 한번은 내가 묵은 호텔 식당에서 바리스타로 일하는 사람과 대화할 기회가 있었다. 자신의 고향이 카파라고 소개하면서 자기 가족도 예전에 커피를 길렀다며 이야기를 시작했다. 당시는 아무리 열심히 일해도 하루에 2~3달러 벌기가 쉽지 않았다면서 모든 것이 부족하고 어려웠다고 회상했다. 커피를 수확해서 내다 팔아도 값을 턱없이 낮게 쳐주다보니 비료나 농약 살 돈이 없었다. 현금화가 쉬운 카트Khat(향정신성 성분을 포함한 식물)를 기르거나 다른 일이라도 해야 생활이 가능했기 때문에 커피나무에 신경쓸 여유는 없었다. 그러다보니 커피 수확량은 더 줄어들었고 이는 다시 수입 감소로 이어지는 악순환이 계속되었다. 그럴수록 가족은 점점 더 커피 재배로부터 멀어졌고 그는 먹고살기 위해 무작정 도시로 나오게 됐다. 그는 돈을 벌면 다시 고향으로 돌아가 커피 농사를 제대로 지어보고 싶다고 했다. 왜냐고 물으니, 도시에는 영혼이 느껴지지 않는다고 답했다.

영국 왕립식물원의 연구에 따르면 기후변화에 따라 현재 아라비카 재배지의 99.7퍼센트는 2080년까지 커피 재배에 부적합한 지역이 될 가능성이 크다. 에티오피아에서는 대부분의 커피를 숲에서 야생 혹은 반야생으로 재배하는데 지난 30년 동안 숲이 빠른 속도로 파괴되고 있다. 커피는 온도에 예민한 식물이다. 평균 기온이 1도만 달라져도 맛이 달라지고 2도가 달라지면 생산성이 급락한다. 3도가 달라지면 그 지역에서는 더 이상 자랄 수 없다. 1960년대 이래 에티오피아 연평균 기온은 1.3도가 올랐고 온도 상승 속도는 점차 빨라지고 있다. 현재 전 세계 커피 재배의 70퍼센트 이상을 차지하며 에티오피아가 원산지인 아라비카 품종은 유전적 다양성이 너무 부족해서 점점 심각해지는 기후와 질병의 위협에 취약하다. 하지만 에티오피아 카파의 깊은 숲에 존재하는 야생 커피들이 가진 유전적 다양성은 무궁무진하다. 지금까지 밝혀진 품종만 수천 종류다. 커피의 미래에 대한 심각한 논의가 촉발된 이후로 아라비카 커피의 기원인 카파 숲은 천혜의 유전자은행으로서 커피 산업의 미래를 결정지을 유일하고 핵심적인 열쇠로 주목받고 있다. 세계로 뻗어나간 커피는 결국 기원으로 돌아올 운명이었을까?

고통과 희망의 관계

염소들이 커피열매를 먹고 춤을 췄다는 이야기는 커피가 주는 즐거움을 표현하고 있다. 커피가 카파에서 처음 발견된 과거에서 현재로, 에티오피아 깊은 숲에서 도시의 빌딩숲까지, 시간과 공간을 뛰어넘어 커피가 걸어온 긴 여정을 떠올려본다. 그 길은 커피를 재배하는 사람으로부터, 커피를 실어나르고 가공하는 사람, 커피를 로스팅하고 음료로 제조하는 사람, 커피를 마시는 사람의 얼굴들로 채워져 있다. 맛있는 커피를 만들고 싶고 사업이 잘되면 좋겠다는 내 욕심은 갈수록 대책 없이 커져, 이제 칼디로부터 시작한 그 길 위에 있는 모든 사람이 커피와 더불어 행복했으면 좋겠다는 데까지 이르렀다.

랭보는 에티오피아에서 커피 무역에 종사할 당시 뛰어난 능

력으로 많은 사람의 존경을 받았다. 하지만 사업은 실패에 가까웠고 그는 돈이 없어 늘 전전긍긍했다. 가혹한 자연환경과 정치적 불안, 지역 영주들의 탐욕은 그의 사업과 생활을 늘 옥죘고 지적 자극이 없는 상태, 부족한 의료시설, 입에 맞지 않는 음식은 그의 불평거리였다. 하지만 그의 유별난 방랑벽도 하라에서만큼은 잠잠했다. 그는 왜 아픈 몸을 이끌고 가족이 있는 고향을 떠나 에티오피아로 돌아가려 했던 것일까? 에티오피아는, 커피는, 랭보에게 무엇이었을까? 왜 삶에서 고통과 희망은 늘 함께인 걸까? 나는 너무 쉽게 이곳을 오가고 있는 것은 아닐까? 어디론가 돌아간다는 의미는 무엇일까? 물음이 꼬리를 문다. 오늘도 맛있는 에티오피아 커피를 구하기 위해 몰려든 외국 바이어와, 염소 떼를 몰고 도심의 차량 사이를 넘나드는 목동이 무심하게도 교차하고 있다. 그들은 자신이 칼디와 랭보의 후예라는 것을 알고 있을까?

희망과 고통의 경계에서 국경의 밤이 어두워간다

니카라과의 리브레 농장

오코탈은 니카라과 커피 생산의 중심지다. 나는 지난 10년 동안 이곳에 올 때마다 늘 국경 호텔Hotel Frontera에 머물렀다. 오코탈은 아주 작은 도시인데 호텔 앞에는 도시를 관통해서 온두라스 국경까지 이어지는 2차선 도로가 있다. 호텔에서 국경까지는 30분이 채 걸리지 않는다. 이 도로는 팬아메리칸 고속도로로, 알래스카 끝에서 아르헨티나 최남단까지 약 3만 킬로미터가 이어져 있다. 그리고 딱 그 중간쯤 이 호텔이 자리잡고 있다.

국경 호텔은 10년 전이나 지금이나 변한 것이 별로 없다. 일하는 사람도 대부분 그대로고, 낡은 침대와 가구도 바뀌지 않았다. 내가 바꾸지 않으면 모든 것이 그대로인 내 방 같은 느낌이다. 호텔은 커피 수확 시기에는 전세계에서 모여든 커피 바이어와 인근 지역의 생산자로 붐비고, 보통 때는 국경을 넘나드는 장거리 여행객이 주로 머문다. 1년에 100일 이상을 커피 산지의 여러 호텔에서 지내지만, 국경 호텔은 내가 가장 좋아하는 숙소다. 이곳의 시간은 차분하고 더디게 흐른다.

여긴 우리 농장이구나

7년 전 일이다. 부산의 모모스 커피 사장님과 함께 오코탈 시내에서 커피 생산자와 저녁 식사를 하고 9시쯤 헤어졌다. 호텔까지는 걸어서 15분 정도의 거리고 길도 복잡하지 않아서 슬슬 걸어가기로 했다. 이런저런 얘기를 하며 걸어가는데 왠지 길을 잘못 든 것 같다는 생각이 들었다. 그래도 방향이 맞으니 곧 나오겠지 싶어서 계속 걸었는데 어느덧 시 경계를 넘었는지 행인도 없고 가로등도 없는 어두운 도롯가를 따라 걷고 있었다. 길을 물어보려 해도 아무도 없어 막막하던 차에 마침 저 앞에서 사람들이 모닥불 주위에 모여 있는 것이 보였다. 가까이 가서 보니 한 무리의 젊은 사내들이었는데 느낌이 썩 좋지는 않았다. 괜히 말 걸었다가 귀찮은 일이 생길까봐 잠시 주저했지만, 더이상 이렇게 계속 걸을 수는 없었다.

국경 호텔로 가는 길을 물었다. 웃통을 벗은 건장한 사내가 걸어온 방향으로 되돌아가야 한다며 손짓했다. 고맙다고 말하고 서둘러 자리를 벗어났다. 왔던 길을 되돌아가야 한다는데 정말일까, 그렇다면 왜 호텔을 지나칠 때 보지 못했을까. 우리를 골탕 먹이려고 거짓말한 것은 아닐까, 오만 가지 생각이 들었다. 그때 갑자기 인기척이 느껴져 뒤돌아보니 두 명이 자전거를 끌고 따라오고 있었다. 십대 후반 정도로 보였는데 몇 걸음 뒤에 바짝 붙어 자꾸 말을 걸었다. 몇 마디 대꾸하다가 예감이 좋지 않아 떼어놓으려 더 빨리 걸었다.

왜 따라오는 걸까. 가다가 으슥한 곳에서 신호를 주면 다른 일행이 나타나 강도질이라도 벌일 셈인가…… 그들은 약간의 거리를 둔 채 계속 따라왔다. 무척이나 신경쓰였다. 얼마나 걸었을까, 국경 호텔이 보였다. 그제야 좀 마음이 놓였다. 우리는 곧 호텔 입구에 다다랐다. 뒤를 돌아봤다. 두 소년은 손을 흔들며, "안녕, 즐거운 여행하기를Adios, buen viaje!" 큰 소리로 인사를 건네고 왔던 길로 자전거를 타고 돌아갔다. 멍했다. 모닥불의 사내들은 어리바리한 동양인들이 밤중에 호텔이 어딘지도 모르고 반대 방향으로 걸어가고 있자 길을 알려줬지만, 우리가 제대로 호텔로 돌아갈 수 있을까 걱정돼 두 소년에게 호텔까지 데려다주라고 시킨 것이다. 우리는 그것도 모르고 온갖 상상과 걱정을 했던 것이고. 허탈한 웃음이 나왔다. 그들의 호의를 오해했던 나 자신이 부끄러웠다. 나를 쫓아왔던 것은 내가 만든 환영이었다.

오코탈에서 차를 타고 비포장 산길을 따라 북쪽으로 한 시간 정도 오르면 주위가 겹겹의 산으로 둘러싸인 커피 농장이 나온다. 우리 회사 직영 농장, 핀카 리브레Finca Libre다. 이 농장은 북쪽으로는 온두라스 국경과 맞닿아 있고, 농장의 산골짜기에서 내려오는 시내는 남쪽으로 흘러 모손테 강이 된다. 산으로 둘러싸인 지형은 늘 서늘한 기운을 품고 있어 커피열매가 아주 더디게 익어가기 때문에 예로부터 품질 좋은 커피를 생산해왔다. 실제로 이 농장은 10년 전 스페셜티커피 중에서 해마다 좋은 커피를 가리는 컵 오브 엑설런스에서 우승한 경력이 있다. 하지만 몇 년 전부터 농장주가 농장을 제대로 돌보지 않아 커피 생산량과 품질이 모두 하락했다는 얘기가 떠돌았다. 4년 전 이 농장이 매물로 나왔다는 얘기를 듣고 별생각 없이 구경이나 한번 하자며 찾아갔다. 예전에 방문한 적도 있고 생두를 구매한 적도 있지만 그래도 한번. 타고 온 픽업트럭에서 내리자마자 내 눈을 사로잡은 것은 커피밭도, 농장의 산세도 아닌 지천으로 핀 칼라꽃이었다. 황홀했다. 그 순간 '여긴 우리 농장이구나' 생각이 들었다.

리브레 농장에는 칼라꽃이 지천으로 피어 있다.
꽃을 마을에 내다 팔아 농장 노동자들의 부식거리를 산다.

농장을 둘러보는 내내 머릿속에 벌써 어디에 어떤 품종을 심고 무엇을 더 개선해야 할지 그림이 그려졌다. 산에서 내려오자마자 나는 농장주에게 다짜고짜 농장을 사고 싶다고 말했다. 좀 황당해하는 눈치였다. 물론 농장을 살 만한 돈은 없었다. 한국에 돌아와 잔고를 확인해도 마찬가지였다. 농장주에게 대금을 앞으로 1년 동안 할부로 갚을 테니 이제 막 수확을 앞둔 농장을 넘겨달라고 했다. 무모한 제안이라는 것을 알았지만 어쩐지 농장주가 거절할 것 같다는 생각은 들지 않았다. 결국 거래는 성사되었고 곧이어 수확을 시작한 커피에 핀카 리브레(리브레 농장)라는 이름을 붙일 수 있었다. 물론 그후 잔금 치르느라 무척 고생을 했고 가공설비 구매, 토양 개선, 경작지 확장 등에 농장 구매 비용에 맞먹는 돈이 더 들어갔다. 그냥 여러 농장 커피 샘플들 중에 맘에 드는 걸 사면 편할뿐더러 생두 비용만 지불하면 될 것을 이렇게까지 한 이유는, 직접 해보지 않으면 절대 이해할 수 없는 세계가 있을 것 같아서였다. 음악을 듣기만 하는 사람과 곡을 연주할 줄 알면서 듣는 사람, 음식을 먹기만 하는 사람과 요리를 할 줄 알면서 먹는 사람의 차이랄까. 나는 생두를 사러 직접 산지를 다니기 시작하자마자 그 건널 수 없는 간극을 느꼈고, 그것을 넘어서고 싶었다.

예언의 주인공이 되다

커피를 재배하는 일은 생각보다 훨씬 어려웠다. 커피를 로스팅하고 매장에서 추출하는 일보다 커피 농사는 더 긴 호흡이 필요하다는 것, 그리고 사람의 노력과 열정보다 자연의 힘이 월등하게 크다는 점을 받아들이는 데만 몇 년이 걸렸다. 비가 너무 많이 올 때, 가물 때, 바람이 몰아쳐 잘 익은 커피열매들이 땅에 떨어질 때, 내가 할 수 있는 일은 아무것도 없다는 게 믿기지 않았다. 커피 품질을 향상시키는 데도 내가 예상했던 것보다 많은 시간과 비용이 필요했다. 토질을 바꾸고, 농장의 기후 조건에 맞는 가공 방식을 실험하고, 오래된 나무를 가지치기하고, 새로운 품종을 심는 것 모두. 나는 몸이 달았다. 외국의 많은 스페셜티커피 회사들도 좋은 생두를 찾아 산지에서 시간을 보낸다. 하지만 나는 그들이 마음속으로 동경하지만, 결코 넘고 싶어하지 않는 선이 있다는 것을 알게 되었다. 나는 그에 그 강을 건너고 싶었다.

리브레 농장으로 가려면 모손테라는 작은 마을을 가로질러 산을 오르는 길이 유일하다. 그 길옆 언덕에는 폐허가 된 작은 성당이 있었다. 나는 그 버려진 성당을 좋아해서 농장에서 내려오는 길에 꼭 들르곤 했다. 3년 전 다시 찾은 그 성당은 깨끗하게 복원되어 있었다. 폐허가 가진 고혹적인 아름다움은 사라졌지만 그래도 여전히 아담하고 평화로운 곳이었다. 그 언덕 바로 아래에는 모손테 성당이 있다. 바티칸에서 7년 동안 공부를 마치고 이곳에 새로 부임한 젊은 신부 아론은 오자마자 의욕적으로 많은 일을 벌였다. 복원된 언덕 위 성당은 그의 첫번째 성과였다. 나는 세례를 받고 싶은 마음에 3년 전부터 아론에게 세례 미사를 몇 번이나 부탁했지만, 그는 내게 공부할 것만 던져주고, 웬일인지 차일피일 답을 미루기만 했다. 그렇게 2년이 흘러 찾아가자 아론은 나를 앉혀놓고 한 신부에 대한 이야기를 풀어놓았다.

모손테 성당에는 마드리갈이라는 존경받는 신부가 있었는데 작고 가난한 이 마을에 부임해서 거의 50년을 재직하며 인디오가 대다수인 이 교구 사람들을 사랑과 헌신으로 돌봤다고 한다. 공동체를 설립해서 학교와 정원을 세우고 마을에서 영화를 상영하거나 음악을 틀기도 했다. 선교와 음악을 위한 라디오방송도 직접 시작했다. 마드리갈 신부의 부임 후 많은 기적 같은 일들이 이 작은 마을에 일어났다. 마드리갈 신부는 43년 전 이곳에서 죽어 성당에 묻혔고 현재 바티칸에서 그를 성인으로 추대하기 위한 공식 절차가 진행중이다. 아직도 그를 기억하는 마을 사람들이 모손테 성당에 안치된 그의 사진과 유품 앞에서 기도를 올리고 있다.

그런데 마드리갈 신부는 죽기 전에 몇몇 예언을 남겼다고 한다. 그중 하나는 먼 훗날 외국인이 모손테 성당에서 세례를 받게 된다는 것이다. 그러나 지금까지 세례받은 외국인은 없었다. 이 마을은 커피 농장으로 올라가기 위해 외국 바이어들이 차를 타고 잠시 스쳐지나가는 것 외에는 외국인이 방문하거나 거주할 일이 없는 작고 외진 동네다. 여러모로 외국인이 이곳에서 세례를 받는다는 것은 그리 있을 법한 일이 아니다. 나는 아론이 그 얘기를 왜 인제 와서 했을까, 거짓은 아닐까, 어쩌면 그 외국인이 나일 수도 있지 않을까 생각했다. 그로부터 얼마 후 나는 마침내 언덕 위 성당에서 세례를 받고 마드리갈 신부의 예

마드리갈 신부의 예언이
깃든 모손테 성당.

언 속에 나오는 그 외국인이 되었다. 오랜 친구 옥타비오가 대부가 되어주었고, 오코탈의 스무 명 남짓한 커피 생산자와 그 가족이 세례 미사에 함께했다. 내 세례명은 제네시오다. 예술가들의 수호성인이고 가면과 기타가 그의 상징이다.

즐겁고 위태롭게 경계를 넘나들다

어쩌면 누구나 경계에서, 경계

를 넘나들며 살고 있는지도 모른다. 피부는 나와 외부의 물리적 경계고 나의 성별, 인종, 계급, 국적과 같은 사회문화적 경계는 나의 삶을 규정하는 범주들이다. 나는 그 안에서 행복함을 느낄 때도, 그렇지 않다고 느낄 때도 있다. 국경 호텔로 돌아가는 길을 찾지 못하고 헤맸을 때, 현지인들의 배려와 나의 오해는 방문자인 나와 이곳에 사는 그들의 경계가 중첩되며 생겼던 혼란이었다. 생두 구매를 넘어 커피를 직접 재배하겠다고 나섰다가 맞닥뜨린 여러 어려움은 세계의 경계를 넘어서며 마주한 새로운 혹은 다른 세계의 증거가 아닐까.

성당은 인간과 신의 영역이 만나는 경계다. 사도 바울은 세례에 옛사람을 장사 지낸다는 의미가 들어 있다고 말했다. 산 사람과 죽은 사람의 경계에 세례와 종교가 있다. 그런 점에서 월경越境은 금지와 한계 너머의 고통과 희망을 동시에 받아들이고, 새로운 경험과 인식, 관계로 나아가는 것이다. 나는 커피 생산자이자 로스터로, 회사 대표이자 모손테 교구의 제네시오로, 한국과 커피 산지들을 넘나들며 살고 있다. 더없이 즐겁고 위태로운 국경의 밤이다.

국경國境의 밤이 저 혼자 시름없이 어두워간다.

_김동환, 「국경의 밤」, 1925.

마법의 씨앗이란 없다

볼리비아의 로스 로드리게스 농장과 페드로 파블로

벌써 7년 전 일이다. 볼리비아 라파스La Paz 공항에 비행기가 내리자마자 속이 메슥거렸다. 인천공항을 출발한 지도 서른 시간이 지났다. 정말 멀다. 지구 반대편까지 온 느낌이다. 곧이어 머리가 아프고 숨이 가쁘기 시작했다. 처음에는 이유를 몰랐다. 고도를 확인해보니 해발 4300미터. 입국 절차를 마치고 나왔는데 덩치 큰 백인 남성이 산소마스크를 하고 공항 바닥에 누워 있었다. 귀가 멍하고 다리에 힘이 없었다. 택시를 잡아타고 시내 호텔로 들어왔는데 짐을 방으로 옮기자마자 숨을 몰아쉬며 침대에 쓰러졌다. 정신을 차리고 내다본 창문 밖 라파스 시가는 마침 짙은 주홍빛 황사가 내려앉아 다른 행성처럼 신비하고 낯

섰었다. 다음날 볼리비아의 가장 중요한 커피 산지 카라나비로 향했다. 우선 4800미터 고지를 넘어야 했다. 도로 옆으로 펼쳐진 산봉우리에 만년설이 가득했고 하늘이 가까이 내려와 있었다. 숨쉬기가 어려워 눈이 자꾸 감겼다. 고개를 간신히 넘었지만, 위기는 계속되었다. 이번에는 '죽음의 도로'를 지나야 했다. 높이 솟은 절벽 중턱을 깎아 만든 좁고 구불구불한 비포장도로인데 가드레일도 없고 차 바퀴 한 뼘 너머는 바닥조차 보이지 않는 낭떠러지였다. 가끔 차가 아래로 떨어지는 사고가 발생하는데 차량을 찾아내 끌어올리기가 쉽지 않다고 했다. 볼리비아 커피가 도대체 뭐길래……

카라나비는 작은 도시였지만 커피 중심지답게 커피를 실어나르는 트럭들로 분주했다. 예전에는 지금보다 더 활력이 넘쳤다고 한다. 볼리비아 커피는 최근 생산량이 급격하게 감소하고 있다. 전체 커피 생산량이 브라질 중간 규모 농장에 불과하다. 그래서 국제 커피 시장에서 볼리비아 스페셜티커피를 구하기가 쉽지 않다.

커피 생산량이 감소하는 이유는 첫째, 커피 가격이 낮다보니 커피 농사를 포기하는 농가가 증가해서다. 커피 농사를 포기한 생산자는 1년에 세 번 수확하고 커피보다 높은 가격을 받을 수 있는 코카 재배로 빠르게 넘어가고 있다. 둘째, 지구온난화에

'죽음의 도로'를 지나야 볼리비아 커피를 만날 수 있다.

따른 이상기후는 커피 농사의 성패에 큰 영향을 미치는 강우 시기와 강우량에 변화를 가져왔고 단위 면적당 수확량을 대폭 감소시켰다. 수확량이 줄어들어 수입이 부족해진 생산자는 생활비를 위해 다른 일을 찾아나선다. 커피 생산자가 이렇게 커피 밭에서 멀어지면 다음해 수확량과 품질은 당연히 떨어지고 악순환이 반복된다.

로스 로드리게스Los Rodriguez 농장을 운영하는 페드로 가족은 이런 악조건 속에서 커피 재배에 뒤늦게 뛰어들었다. 아버지인 페드로는 원래 커피 가공 및 수출업에 30년간 종사하다가 커피 생산자가 대거 커피 재배를 포기하던 10여 년 전부터 직접 커피 농장을 시작했다. 오랫동안 애정을 갖고 해오던 커피 일을 잃고 싶지 않았고 볼리비아 커피가 이대로 세계 커피 지도에서 사라지게 둘 수 없었다고 했다. 페드로는 볼리비아가 가진 뛰어난 자연조건과 커피 시장에서의 희소성을 바탕으로 스페셜티 커피를 재배하고 판매해서 볼리비아 커피의 전통을 이어나가려 한다. 딸 다니엘라는 농장의 재정과 생두 판매, 대외업무를 맡고 있어서 지난 7년 동안 많은 도움을 받았다.

페드로 가족은 처음부터 과학적인 영농 기술을 지역의 인디오 커피 생산자와 공유하고 함께 발전시켜나갔다. 그 중심에는 아들이자 삼십대 초반의 젊은 커피 생산자, 페드로 파블로가 있다. 라틴아메리카 최고의 농업대학으로 유명한 온두라스 사모라노 대학을 졸업했다. 페드로 파블로는 훤칠한 키에 미남이고 성격도 쾌활해 누구와도 금방 친해지는 친화력을 가졌다. 그는 대학 졸업 후 바로 볼리비아로 돌아와 혈기왕성한 이십대를 모두 커피 농장에 바쳤다. 또래 친구들이 도시에서 한창 멋부리고 파티에 몰려다니며 젊음을 만끽할 때 그는 커피밭에서 땀흘렸다.

한번은 궁금해서 물어봤다.

"너도 도시 가서 놀고 싶지 않아?"

너무 재미없는 답변이 돌아왔다.

"아니, 난 커피 농장에서 일하는 게 제일 좋아."

일단 믿어야 믿을 수 있지

가족 일이기도 하고 나중에 아버지한테 물려받을 농장이니까 열심히 일하는 게 당연할 수 있다. 하지만 그의 눈빛을 보면 페드로 파블로가 커피 농장을 일구는 일에 제대로 빠져 있다는 것을 금세 알 수 있었다. 페드로 가족이 펼치고 있는 '내일의 태양Sol de La Mañana' 프로젝트는 인근 커피 농장들의 기술 발전을 위한 교육 프로그램이다. 페드로 파블로가 이 마을 저 마을 찾아다니며 인디오가 대부분인 지역의 커피 생산자를 교육한다. 교육비는 없다. 비료와 농약도 대량으로 싸게 사서 이윤 없이 판매한다. 언뜻 이해가 안 가서 이유를 물어봤다. 이번에도 재미없는 답변이 돌아왔다. “볼리비아 커피를 위해서.”

이 프로그램은 커피 생산자의 영농학교인 셈인데 생산자는 종묘 관리, 재배, 수확, 해충 예방, 가지치기, 재무 관리 등 커피 농장 운영에 필요한 거의 모든 것을 배운다. 첫 기수 생산자들이 졸업하는 데 7년이 걸렸다. 현재 약 육십 명의 생산자가 참여하고 있다. 볼리비아 정부는 내일의 태양 프로젝트에서 영감을 받고 페드로 파블로에게 자문을 얻어, 카라나비 인근에 대형 커피 종묘 단지를 조성했다. 여기서 기른 어린 커피나무들은 커피 생산자에게 전달할 예정이라고 한다. 수령이 높은 커피나무는 병충해에 취약하고 수확량이 떨어져 커피 생산량 저하 및 농가 소득 감소의 주요 원인 중 하나다. 하지만 전문적인 영농 지식이 없는 생산자가 건강한 묘목을 가꾸기가 쉽지 않다.

하루는 페드로 파블로가 예전 얘기를 하나 해줬다. 주변 생산자들은 로스 로드리게스 농장의 커피나무가 자신들이 기르는 나무에 비해 월등하게 크고 건강하며 열매도 많이 열리는 것을 보고 페드로 파블로가 마법 씨앗을 심어서 그렇다며 질

투하고 수군댔단다. 페드로 파블로는 그들에게 마법 씨앗이 아니라 과학적인 영농기법과 농장 관리 결과라고 말하며 방법을 가르쳐주겠다고 했지만, 생산자들은 그 말을 쉽게 믿으려 하지 않았다. 그들은 계속 마법 씨앗을 달라고만 요구했다. 어려운 상황을 넘어설 수 있게 도와주려는 사람을 믿지 않고 오히려 의심하고 비난할 때 어떻게 했느냐고 물었다. 그의 대답은 역시

울창하게 자란 커피나무 숲속에 서 있는 페드로 파블로.

나 고리타분하다. “속상했지만 기다렸지.” 나는 기다리지 못하고 되물었다. “뭘 믿고 기다려?” 이번 대답은 좀 흥미로웠다. “일단 믿어야 믿을 수 있지.” 믿는다는 말에 여러 의미가 있다는 생각을 처음 하게 됐다.

볼리비아에서 커피 재배가 본격적으로 이뤄지기 시작한 것은 1970년대다. 다른 커피 생산국가에 비하면 역사가 아주 짧은 편이다. 그러다보니 축적된 커피 재배 기술도 부족했던데다, 남미 최빈국 정부의 무관심과 무능이 커피 농업의 방치로 이어졌다. 페드로 파블로는 교육에 참여한 생산자들에게 종묘장을 잘 관리해서 튼튼하고 좋은 묘목을 우선 확보하는 것이 중요하다고 가장 힘주어 강조했다. 나무가 어릴 때 제대로 영양공급을 받지 못하거나 병충해에 시달려 약해지면 나중에 성장해서도 제대로 열매를 맺지 못하기 때문이다. 로스 로드리게스 농장에서나 볼 수 있었던 우람한 커피나무가 가지마다 열매를 가득 매달고 자신의 커피밭에서 자라는 것을 본 생산자들은 페드로 파블로의 교육에 더 열심히 참여했고 그제야 정말 고맙다는 말을 꺼냈다.

두번째 목적지는 파블로 가족이 농장을 운영하는 사마이파타였다. 라파스에서 비행기로 산타크루즈까지 와서 차를 타고 갔다. 이 지역은 볼리비아 안데스의 동편인데 기후와 식생이 카라나비와 무척 달랐다. 우선 나무가 우거진 정글이 많았다. 사마이파타는 1967년 체 게바라가 게릴라를 이끌고 잠시 점령했던 마을이다. 그는 같은 해 10월 이곳에서 멀지 않은 정글에서 전투 끝에 상처를 입고 생포되어 다음날 처형됐다. 그가 죽은 산골 마을을 방문하려는 관광객 중 상당수는 사마이파타를 거친다. 이 지역 지방정부는 '체 게바라의 길'이라는 관광 코스를 개발해 관광객을 유치하고 있다. 체 게바라는 죽어서도 가난한 이곳 사람들을 건사하고 있었다.

언제부터인가 사마이파타에는 다양한 국적을 가진 히피와 조용한 삶을 원하는 이들이 하나둘 모여들어 평화롭게 지내고 있다. 페드로 가족은 전통적인 커피 재배지역이 아닌 이곳에서 커피 농장을 시작했다. 커피 농장은 사마이파타에서 차를 타고 한 시간을 더 들어가야 했다. 농장이 위치한 곳은 주변과 달리 꽤 건조했다. 이런 환경에서 커피가 잘 자랄지 의아했다. 페드로 파블로는 농장의 가장 높은 곳에 저수지를 판 후, 펌프를 돌려 커피밭 전체에 물을 대겠다는 계획을 말해줬다. 지난 10여 년 동안 내가 방문한 커피 농장만 전 세계 400여 군데가 넘는다. 그중 이런 농장은 단 한 곳도 없었다. "쉽지 않겠다"라고 말하려다가 기대에 부푼 그의 표정을 보고 말을 삼켰다. 우리는 발아래로 펼쳐진, 가뭄에 타들어가는 커피밭을 함께 내려다봤지만 분명 서로 다른 무언가를 보고 있었던 것이 틀림없다.

희망을 말하는 건, 오히려 무모한 사람들이다

우리는 실현가능성과 성공 여부만으로 가늠할 수 없는 삶의 영역이 있다는 것을 쉽게 잊는 것 같다. 차라리 그게 속 편하고 안전하다. 현재라는 질서를 거부하면 마주하게 될 고난과 고통은 끔찍하기 때문이다. 세상의 많은 지혜와 이치라고 부르는 것은 대부분 우리가 살면서 그런 상황을 맞닥뜨리지 않도록 돕는 조언이다. 하지만 유독 체제와 불화하는 사람이 꼭 있다. 체 게바라도 아니면서. 평소에 불만이 많고 굳이 세상을 바꾸고 싶어한다. 누가 봐도 안 될 것 같은 일을 무모하게 시도하다가 결국 실패했는데 웃네? 헛것을 봤는지 무언가에 영혼을 사로잡혀 무섭게 파고드는 사람, 마법 씨앗을 달라는 사람들에게 내일의 태양을 기다리자며 7년 동안 소농들을 교육하거나 아무도 커피를 심지 않던 건조한 땅에 커피 농장을 일구고 희망을 말하는 사람, 내가 보기에는 다 한통속이다.

나는 로스 로드리게스 농장을 지난 7년 동안 방문했다. 내가 할 수 있는 일은 조용히 그들을 응원하고 지켜보는 것뿐이다. 사마이파타에서 처음 수확한 커피는 건조한 기후 탓에 커피 열매가 아주 작고 단단했고 어디서도 보기 힘든 농익은 단맛이 일품이었다. 구매용 샘플로 도착한 그 커피를 마시고 마음이 더없이 흡족했다. 멋진 볼리비아 커피를 꾸준히 사용할 수 있어서 고마울 따름이다.

체 게바라가 볼리비아에서 쓴 일기는 그가 죽은 후 20여 년이 지난 후에야 공개됐다. 그는 죽기 며칠 전인 1967년 10월 3일 일기에 "커피를 쓴 물로 끓였지만, 맛은 기가 막혔다"라고 썼다. 커피를 유난히 좋아했던 그의 마지막 커피였다. 나는 이 대목에서 한동안 책장을 넘기지 못했다. 그래봤자 나는 "체 게바라가 극찬한 볼리비아 커피 사세요"라고 홍보하고 싶은 것을 간신히 참는 장사꾼일 뿐이다. "오늘부터 새로운 여정이 시작된다"로 시작한 일기는 1967년 10월 7일 끝났다. 그는 다시 새로운 여정을 시작한 것 같다.

희망의 다른 이름

니카라과의 마리오

다행이다, 그가 있어서

내 이름은 마리오. 니카라과의 라스 세고비아 지역에서 아내 마리아, 아홉 살 딸 클라우디아, 일곱 살 아들 에르네스토와 함께 살며 스페인어로 '희망'이라는 뜻의 '라 에스페란사La Esperanza'라는 작은 커피 농장을 하고 있다. 이 농장은 돌아가신 할아버지부터 이어져왔다. 80년대 내전 때 대농장주들은 농장을 거의 버리다시피 하고 미국과 멕시코로 피난을 떠났지만, 우리 농장은 워낙 작았고 외국에 아는 친척도 없어 그냥 이곳에 남아 있었다. 아버지는 그 시절을 절망이 어디에나 웅크리고 있었던 때였다고 회상한다. 내전이 끝나자 대농장주들이 돌아와 좌파 정부가 소농들에게 분배했던 예전 농지를 대부분 되찾아갔다. 우리 동네에서 그 시절에 대해 말하는 것은 금기다. 내가 어릴 적 일이고 동네 어른 누구도 자세한 이야기를 해주지 않아 사실 나도 아는 것이 별로 없다.

나라고 처음부터 커피 농사가 마냥 좋았던 것은 아니다. 한창 젊었을 때는 나도 또래들처럼 아메리칸드림을 좇아 돈 벌러 미국에 갔다. 처음에는 마이애미에서, 그다음에는 히스패닉 커뮤니티 규모가 더 큰 로스앤젤레스에서 일했다. 영어를 못했지만 일하는 데 별 어려움은 없었다. 주로 호텔이나 식당에서 청소 일을 맡았다. 몸은 힘들었지만 견딜 만했다. 돈도 제법 모아 부모님께 꼬박꼬박 보내드렸다.

어느 일요일 오후, 호텔에서 새벽까지 일하다 방에 들어와 잠깐 잠이 들었다. 창문 너머 아이들 뛰어노는 소리에 깨어보니 벌써 해가 넘어가는 어스름이었다. 식당 뒷정리를 하러 슬슬 나가봐야 하는데 그날따라 유난히 삐걱거리는 침대에서 몸을 일으키기가 쉽지 않았다.

"호세야, 저녁 먹자!" 옆집 뚱보 아주머니가 창문을 힘차게 열어젖히며 우렁찬 목소리로 공놀이에 여념 없는 아이를 불러세웠다. "네, 엄마!" 아이가 달려오는 소리……

미국 생활은 나쁘지 않았다. 나는 그저 소박한 저녁상 앞에서 가족과 함께 식전 기도를 올리는 고요한 순간이 더 간절했을 뿐이다. 돌아와 다시 시작한 커피 농사는 녹록지 않았다. 아버지를 도와 새벽부터 해질녘까지 산비탈에서 일해도 1년에 단 한 번 커피를 팔아 돌아오는 소득은 보잘것없었다. 최소한의 비료와 농약을 사는 데 필요한 비용은 물론이고 부모님 병원비와 우리 가족 생활비도 빠듯해 마음이 무거웠다. 결국 나날이 몸이 약해지는 부모님을 위해 미국에서 벌어온 돈을 마지막까지 탈탈 털어 읍내에 작은 구멍가게를 내드리고 지금은 아내와 둘이서 농장 일을 꾸려나가고 있다.

내가 필을 처음 만난 것은 8년 전 겨울이었다. 하루는 내가 커피 가공과 보관, 판매를 위탁한 커피 수출업체 사장 루이스에게 연락이 왔다. 한국 커피 바이어가 내 커피를 매우 마음에 들어해서 같이 농장을 방문하고 싶다고 했다.

필은 빡빡머리에 가는 눈매가, 우리가 눈이 작은 이곳 친구들을 부르는 별명인 치노Chino(중국 사람) 모습 그대로였다. 그는 커피와 관련한 스페인어를 통역 없이 대강은 알아들었고 커피 재배와 가공 관련한 질문도 간단하게나마 내게 직접 물어봤다. 나는 그에게 우리 농장 곳곳, 특히 지난봄 농장의 가장 높은 산비탈에 고생하면서 심은 마라카투라 품종의 어린 나무들을 보여주고 싶었다. 나는 힘들어하는 표정이 역력한 필을 애써 모른척하며 가파른 나무숲 사이로 난 좁은 길을 신이 나서 올라갔다. 사실 처음에는 어쩐지 면접을 보는 것 같은 느낌도 들고 그가 꼭 우리 커피를 사줬으면 하는 조바심에 초조한 마음도 들었다. 하지만 같이 농장을 둘러보며 나는 그의 눈빛으로 그가 우리 농장을 마음에 들어한다는 것을 읽을 수 있었고 이내 마음이 놓였다.

필은 우리 농장이 산등성이 비탈에 위치했는데도 일조량과 통풍이 좋다고 했다. 내게 비료를 몇 번 주느냐고 물어봤고 커피나무 이파리의 탄력과 윤기를 보더니, 나무의 건강 상태가 좋다고 칭찬해줬다. 나는 "농장 안에서도 산비탈의 경사와 지면 방향에 따라 일조량이나 통풍에 큰 차이가 있고 경사 때문에 땅이 곧잘 침식되는 어려움이 좀 있긴 하지만, 산 위쪽 토양으로부터 좋은 영양분을 가진 물과 거름이 한데 모이는 곳이다보니 맛있는 커피가 난다"고 자랑스럽게 답했다. 그의 눈빛이 반짝거렸다.

우리는 산에서 내려와 커피열매의 점액질을 발효시키는 탱크와 커피 건조장을 둘러봤다. 필은 두 손으로 커피를 들어올려 향을 맡았다. 내게 얼마나 오래 커피를 건조하는지 물어봤고 내 답변에 아주 적절한 것 같다며 미소를 지었다. 농장을 둘러보고 집으로 내려와 필, 루이스와 함께 아내가 준비한 점심을 먹

라 에스페란사La Esperanza, 희망.

었다. 필은 아들 에르네스토에게 몇 살이냐고 물었다. 그러더니 나보고 "조만간 에르네스토와 일을 하게 되겠군" 하고 농담을 던졌다. 따스한 농담이었다.

그가 엘살바도르로 떠나고 얼마 지나지 않아 루이스에게 연락이 왔다. 우리가 루이스에게 위탁한 커피 세 로트 중 두 개를 필이 정말 마음에 들어해서 바로 구매 계약을 했고 '희망'이라는 우리 농장 이름 그대로 한국 소비자에게 알리고 싶어한다며 축하한다고 전했다. 필이 제시한 가격은 아주 흡족했다. 그가 우리 커피 전부를 사줬으면 더 좋았을 텐데 하는 아쉬운 마음도 들고, 모두 사지 않은 이유는 무엇일까 궁금하기도 했다. 하지만 어쨌든 우리 커피가 다른 농장들 커피와 아무렇게나 섞여 헐값에 팔리지 않아도 된다니 성모 마리아님께 감사할 일이다.

그렇게 8년이 흘렀다. 필은 잊지 않고 매년 우리를 방문한다. 몇 년 전부터는 그가 방문했던 첫해에 같이 둘러봤던 마라카투라 나무가 제대로 결실이 맺히기 시작해서 필이 전량 구매하고 있다. 그는 우리 커피를 로스팅할 때 우리 가족과, 힘겹게 오르내린 산비탈을 떠올린다고 했다. 그가 우리 농장에 와서 별다른 일을 하는 건 아니다.

"작년에도 좋은 커피를 보내줘서 정말 고마워. 우리 고객이라 에스페란사 커피를 마시며 행복해했고 나도 덕분에 칭찬 많이 들었어. 이 얘기하러 왔어. 밥이나 같이 먹자."

"얘들아, 너희 코레아노, 필 알지? 작년에도 봤잖아."

"그럼 알지, 치노 아저씨?"

필은 클라우디아와 에르네스토가 그사이 훌쩍 컸다며 입안의 소시지를 다 삼키지도 않은 채 말했다. 언제부터인가 겨울이 오면 곧 필이 오겠구나 하며 친구를 기다린다. 그는 올해도 우리 커피 세 로트를 구매했다. 여전히 커핑만 해보고 구매하지 않은 로트도 있다. 커피 맛이 깨끗하지 않다나. 똑같이 정성 들여 재배했고 품질도 다 좋은데 뭐가 문제라는 것인지, 여전히 그의 말이 잘 이해 가지 않을 때가 있다. 하지만 올해도, 앞으로도 필이 우리 커피를 구매하는 한 적어도 커피를 어디에 팔아야 할지, 돈을 얼마나 쳐줄지 걱정하지 않고 커피나무를 기르는 데만 집중할 수 있으니 다행이다.

희미하게 반짝이는 희망을 찾아서

내 이름은 서필훈. 커피리브레의 대표이자 주로 하는 일은 산지에 커피 사러 다니기와 로스팅이다. 산지에서는 나를 '필'이라고 부른다. 나는 이 한 음절 이름이 마음에 든다.

좋은 커피를 만들기 위해 꼭 하고 싶었던 산지와의 다이렉트 트레이드는 녹록지 않았다. 지지리도 없이 시작한 사업에, 다이렉트 트레이드를 위한 최소 구매 수량을 채우기 위해 이리저리 어렵게 돈을 꾸러 다니며 생두를 들여왔다. 하지만 정작 장사는 그후로도 오랫동안 신통치 않았다. 거래하는 농장 가족들을 떠올리면 한번 시작한 농장과의 거래를 쉽게 그만둘 수 없어서 그 다음해에 더 많은 돈을 꾸러 다녀야 했다. 그런데도 생두 욕심에 매년 더 많은 나라의 농장들과 새로운 관계를 만들어나갔다.

지금은 사업이 많이 안정되어 고객과 도움을 준 주변 분들께 감사한 마음뿐이지만 아직도 빚이 산더미다. 그 팔 할은 다이렉트 트레이드에 대한 내 욕심 때문이고 나머지 이 할은 내 무능한 경영 탓이다. 그래도 나는 즐겁다. 하고 싶은 일을 할 수 있고, 또 내가 느끼는 이 행복을 좋은 커피를 재배한 생산자들과 조금이나마 나눌 수 있다는 건 정말이지 멋진 일이기 때문이다.

마리오. 그는 말수가 적지만 미소가 따듯한 부인 마리아, 말괄량이 딸 클라우디아, 그리고 수줍음이 많은 아들 에르네스토와 함께 '희망'이라는 이름의 커피 농장을 일군다. 8년 전 니카라과의 오코탈에 있는 한 커피 수출업체에서 수십 종의 커피 샘플을 두고 커핑을 했는데 서너 가지 커피가 마음에 들었다.

신기하게도 그중 두 가지가 마리오의 커피였다. 그 커피는 당시 한창 유행하던, 화사하고 밝은 산미가 입안에서 작렬하는 커피가 아니었다. 오히려 맛이 단아하고 은은해서 지나치기 쉬운 커피였다. 색감이 화려하거나 향이 진한 꽃이 아니라, 발밑을 눈여겨보지 않으면 지나치기 쉬운 제비꽃 같았다. 나는 루이스에게 그 농장에 방문하고 싶다고 부탁했다. 나는 트럭 뒤편에 올라타 먼지 날리는 비포장 산길을 한참이나 오르내린 후에야 그의 농장에 도착할 수 있었다.

마리오는 덩치가 크고 구레나룻이 있었다. 반갑게 맞아주었지만, 왠지 조금 긴장한 것 같았다. 그는 보여주고 싶은 것이 많았는지 나를 농장 이곳저곳으로 데리고 다녔다. 우거진 덤불과

커피나무 사이를 헤치며 그의 걸음을 뒤쫓기가 쉽지 않았다. 인제 그만 올라가자는 말이 헐떡이는 숨과 함께 턱밑까지 올라왔지만, 점점 신이 나서 어느새 활짝 핀 그의 얼굴을 보고 말을 삼켰다.

나는 그의 농장이 오랫동안 정성 들여 가꿔온 결실 같다는 느낌을 받았다. 커피나무들은 매우 건강했고 커피나무를 직사광선에서 보호해주는 그늘나무 관리도 잘되고 있었다. 비탈진 곳의 토양 침식을 막기 위해 세심히 심어놓은 버팀목들도 농장주의 노력과 열정을 말해주고 있었다. 마리오는 미국에서 살다 와서 그런지 소비국의 커피 문화를 잘 이해하고 있었고 한국의 커피 문화에 대해서도 질문을 많이 했다. 나는 커피밭을 둘러보고 다리가 거의 풀려 내려왔다. 그사이 마리아가 점심을 준비해놨다. 점심은 여느 중미에서처럼 지겨운 토르티야와 맛없는 붉은 콩, 퍽퍽한 치즈, 느끼한 바나나 튀김이었다. 그래도 시장이 반찬인지라 맛있게 먹었다. 우리 온다는데 먹을 것이 마땅치 않아 마리아가 수제 소시지를 좀 사왔다며 화로에 구워 내왔다. 점심이 맛없다며 투정하던 마음이 부끄러워 갑자기 목이 멨다. “아구아Agua(물) 좀 줘, 아구아!”

이제 마리오와 거래한 지도 9년차다. 올해 초 그의 농장에 갔더니 산꼭대기에 심은 마라카투라 커피나무들이 멋지게 자랐다며 보러 가자고 했다. 그 길이 얼마나 험난한지 잘 알기에 핑계를 대고 거절하려 했지만 이번에도 역시 그의 빛나는 눈을 본 순간 거절하는 데 실패했다. 오늘은 일곱 살 에르네스토가 길을 따라나섰다. 어린 녀석이 힘들지도 않은지 아버지를 따라 산길을 잘도 올라갔다. 나는 차오르는 숨을 겨우 달래며 생각했다. '정말이지 저 꼬맹이가 조금만 더 크면 노쇠해진 나를 이끌고 이 길을 오르겠구나.'

요즘은 나이가 들었는지 산지에 다녀오면 꼭 한 번씩 아프곤 한다. 이제 익숙해질 법도 한데. 희망은 보이지 않아 오히려 반짝였고 절망은 알면서도 늘 걸려 넘어지는 돌뿌리같이 익숙했다. 나의 일과 생활은 나쁘지 않았다.

커피에 대한 오해와 진실: **많이 듣는 질문**

산지 이름이 쓰여 있다고 해서 다 스페셜티커피일까?

스페셜티커피의 기준은 스페셜티커피협회SCA 커핑 점수 80점 이상이다. 산지 정보나 가격이 스페셜티커피의 품질을 보장하지 않는다.

융 필터가 종이 필터보다 더 맛있나?

종이 필터는 커피가 가진 기름 성분을 제거하는 데 반해, 융 필터는 종이 필터보다 구멍이 커서 기름을 거르지 않는다. 그런데 커피 기름에는 맛을 더욱 풍부하게 느낄 수 있는 지용성 성분들이 녹아 있고 감촉을 부드럽게 만들어준다. 하지만 구멍이 크다보니 미세한 커피 가루도 함께 투과되어 깔끔한 느낌을 좋아하는 사람들은 종이 필터를 더 선호하기도 한다. 융 필터의 가장 큰 단점은 관리가 어렵다는 것이다. 매일 빨고 잘 말려줘야 한다.

커피 테이스트 노트(커피 향미 평가)는 어떻게 가려지나? 각각의 맛을 어떻게 정확하게 구분하나?

커피를 맛보고 분석하는 커핑은 커피 산업에서 통용되는 하나의 규약으로 사회적으로 합의된 언어체계와 비슷하다. 고유의 문법과 어휘, 맥락이 있다. 커핑의 목적은 커피를 분석하고 거래하며 판매하는 데 필요한 원활한 소통이다. 커피 향미를 표시하는 테이스트 노트도 어느 정도 범주화된 기준을 중심으로 개인적으로 느끼는 다양한 노트들이 추가로 활용된다. 커피 맛의 섬세한 향미에 대해서는 훈련된 사람들 사이에도 다르게 인지되고 표현될 수 있지만 뚜렷하고 특징적인 향미에 대해서는 그 느낌과 표현을 공유하는 경우가 더 많다.

커피의 맛을 구별하는 능력은 타고나는 것인가?

미각적 예민함은 타고나는 경우가 있다. 하지만 누구나 자신이 선호하는 음식 취향을 이미 갖고 있다. 좋아하는 치킨이나 맥주 브랜드가 있고 똑같아 보이는 짜장면도 더 맛있다고 느끼는 자기만의 맛집이 있듯이. 이 정도 구분 능력을 갖추고 있다면 훈련을 통해 커피를 맛보고 평가하는 데 충분하다.

커피숍 차리고 싶다, 무엇을 준비해야 하나?

준비 안 하는 것이 좋다(웃음). 건물주가 아닌 이상 안 차리는 것이 좋다. 커피숍은 창업 1순위이자 폐업 1순위 업종이다. 누구나 쉽게 차려서 바로 망한다는 얘기다. 다른 사람들은 다 망해도 나는 예외일 거라 생각하는 경우가 많은데 그렇지 않다. 진입 문턱이 낮은 사업은 그만큼 위험도 크다.

커피 많이 마시면 건강에 안 좋나?

밥도 많이 먹으면 안 좋다. 커피가 가진 카페인에 대한 신체적 반응은 개인차가 크다. 커피를 마시고 불편한 느낌을 반복적으로 경험했다면 마시지 않는 것이 좋다. 인삼이나 꿀이 아무리 건강에 좋아도 체질상 맞지 않는 사람이 있는 것처럼 커피도 그렇다. 커피를 너무 많이 마셔서 잠을 제대로 잘 수 없다면 줄여야 한다. 몸과 마음이 편할 정도로만 즐기면 된다. 보통의 경우 하루 2~3잔 정도면, 저녁에 커피를 마시지 않는 정도로만 조절하면 수면장애나 신체 부담 없이 커피를 즐길 수 있다. 하지만 커피 믹스는 많이 먹으면 살찐다(웃음).

맛있는 커피와 맛없는 커피 쉽게 구분할 방법은?

커피가 가진 맛들을 제대로 즐기는 방법은 커피가 식어가며 보여주는 다양한 맛들을 음미하며 즐기는 것이다. 커피가 식으면 커피 품질의 본모습이 드러난다. 식어서 맛없는 커피는 원래 품질이 좋지 않은 커피고, 식을수록 맛있어지는 커피는 품질이 좋은 커피라고 봐도 무방하다. 커피에서 나는 대표적인 안 좋은 맛은, 탄 맛, 찌든 냄새, 나무 맛, 떫은 맛, 화학적인 맛 등인데 커피 생두의 결점 혹은 로스팅의 문제로 나타난다.

자체 로스팅을 하는 카페의 커피가 더 맛있나?

김치를 직접 담근다고 사 먹는 김치보다 무조건 맛있는 것은 아니다. 자체 로스팅을 한다면 시중 프랜차이즈나 외국에서 로스팅해서 배로 실어 오는 커피보다 신선할 가능성이 높다. 정성도 더 들어가 있다. 하지만 사용하는 생두 품질과 로스팅 실력은 별개의 문제이기도 하다.

커피 마시면 원산지가 어디인지 맞힐 수 있나?

케냐, 에티오피아, 인도네시아처럼 커피 맛에서 아주 특별한 개성을 가진 일부 커피를 제외하면 커피를 마시고 산지를 맞히는 것은 불가능하다. 일부 커피 전문가 혹은 마니아 들이 맞출 수 있다고 주장하는데, 나는 아직 멀었다.

집에서 맛있게 커피를 마시는 방법?

자신에게 맞는 적절한 레시피를 찾아보는 노력이 필요하다. 김치를 김치로만 계속 먹을 수도 있지만, 전으로 부쳐 먹고, 만두에 넣어 먹고, 찌개로 끓여 먹으면 더 좋은 것처럼. 커피도 어떻게 만들면 좋은지 공부와 연습이 필요하다. 그리고 신선한 커피를 마시는 것이 중요하다. 원두는 로스팅을 통해 요리된 상태다. 오래 두면 맛과 향이 많이 떨어지고, 갈아두면 향이 급속하게 빠져나간다. 그라인더를 사서 커피를 내릴 때마다 갈아 마시면 훨씬 맛있다.

전문가들은 집에서 어떻게 커피를 마시나?

나는 안 마신다. 저녁에 마시면 잠이 안 오고 온종일 마셔서 지겹다. 주로 차를 마신다(웃음).

커피는 역사다

르완다와 콩고민주공화국의 키부 호수 지역

르완다에 처음 방문했던 것은 커피리브레를 오픈하고 1년도 채 되지 않았던 2010년 여름이었다. 나는 르완다에서 열린 컵 오브 엑셀런스 행사의 국제심사위원으로 아프리카를 처음 방문하게 되었다. 비행기가 르완다의 수도 키갈리Kigali 공항으로 하강을 시작했다. 창문 밖으로 들어온 풍경은 내가 막연히 상상했던 사막이나 건조한 초원과는 사뭇 달랐다. 르완다에는 천 개의 언덕이 있다더니 정말로 초록색 구릉들이 가득했다. 컵 오브 엑설런스에 심사위원으로 참여한 것은 이번이 두번째였다. 하지만 아프리카 스페셜티커피에 대해 별로 아는 게 없던 나는 심사가 열린 일주일 동안의 모든 것이 놀라움과 배움의 연속이었다. 심사하는 커피는 황홀할 정도로 맛있었고 인터넷으로만 보던 커피 업계 유명인들은 내 무지한 질문에 매번 친절하게 답해주었다. 르완다 농림부 장관이 방문해 대통령의 격려 메시지를 전해준 것도 신기하기만 했다.

하지만 르완다 방문에서 가장 충격적이었던 것은 심사위원단과 단체로 관람했던 르완다 학살 추모관이었다. 거의 백만 명이 학살된 것이 1994년이었으니 고작 16년 전 일이다. 르완다 내전을 후투족과 투치족 사이의 종족 갈등 정도로만 알고 있었던 나는 추모관에서 알게 된 새로운 사실에 경악했다. 평소 친절했던 동네 이웃이나 다니던 교회 목사, 학교 선생님까지 자신을 죽이기 위해 이름을 부르며 뒤쫓아왔다는 생존자의 증언이나 학살을 피해 성당으로 들어온 수백 명의 투치족을 민병대에게 넘겨 몰살시킨 신부의 사례도 잊히지 않는다.

르완다내전은 벨기에가 식민통치를 위해 각 종족들을 차등대우하며 시작되었고 당시 학살의 주범이었던 후투족 정부군과 민병대를 훈련하고 무기를 공급했던 프랑스 미테랑 정부, 방관을 넘어 학살에 직접 관여했던 로마 가톨릭까지 모두 믿을 수 없는 일투성이였다. 나는 그날 저녁 호텔로 돌아와 내가 좋아하고 배우고 싶어하는 커피가 하늘에서 갑자기 떨어진 것이 아니라 역사와 사회의 산물이라는 생각을 하게 됐다.

가장 아름다운 호수를 사이에 두고

르완다를 다시 찾은 것은 그로부터 8년이 지난 2018년이다. 그사이 수도 키갈리는 몰라보게 발전했고 거리에는 활기가 넘쳤다. 아프리카에서 가장 유능하고 부패하지 않았다고 평가받는 정부의 성공적인 정책에 힘입어 많은 NGO와 기업이 르완다에 몰려들었다. 커피 산업 또한 정부의 적극적인 지원과 커피생산자조합의 노력으로 날로 발전하는 중이었다.

이번 르완다 방문은 키부 호수 인근의 몇몇 커피 가공소를 살펴보는 것이 목적이었다. 그러다보니 배를 타고 이동하는 것이 편해서 많은 시간을 호수 위에서 보냈다. 여남은 명 정도가 탈 수 있는 작은 배였다. 지도에서 볼 때는 실감나지 않았는데 키부 호수는 거대했다. 남북으로 90킬로미터, 동서로 48킬로미터, 평균 수심이 200미터다. 키부 호수를 사이에 두고 르완다와 콩고민주공화국이 마주보고 있는데 르완다내전 당시 수많은 희생자가 이 호수에 산 채로 수장되었다. 호수는 유난히 잔잔했다.

호수 인근에 있는 커피 가공소들은 모두 깨끗하게 잘 관리되고 있었다. 다들 위생에 특히 신경을 써서 건조중인 커피를 손으로 만지지도 못하게 했다. 큰 발효탱크에서는 마침 발효를 마치고 커피를 세척하고 있었다. 이십여 명의 남녀가 탱크 안으로 들어가 다 함께 큰 소리로 노래를 부르고 춤을 추면서 커피를 발로 밟아, 발효가 끝나고 커피 표면에 남은 잔여물을 제거하고 있었다. 나는 호수를 지나오며 들은 비극적인 이야기가 머릿속에서 채 가시지 않아 흥겨운 노랫소리가 겉돌기만 했다.

아프리카 동부에는 커피 생산국들이 많지만, 세계 스페셜티 커피 시장에 널리 알려지고 인정받아온 커피는 케냐와 에티오피아가 전부다. 르완다, 부룬디, 콩고민주공화국 같은 키부 호

부룬디의 커피 가공소. 커피를 계속 공중으로 던지며 말리고 있다.

수 인근 국가는 커피 재배에 적합한 기후와 비옥한 토양, 오랜 커피 재배 역사를 갖고 있지만 내전 등 정치적 불안정으로 인한 농업 공동체 파괴와 기간시설 부족에 따른 생산량 감소, 품질 저하로 그동안 스페셜티커피 시장에서 외면받아왔다. 그 가운데 르완다는 여러 역경을 이겨내고 지난 10년 사이 동아프리카에서 가장 주목받는 스페셜티커피 산지로 부상하는 데 성공했다. 커피리브레도 르완다 커피를 지난 6년 동안 꾸준히 구매하고 있다.

콩고민주공화국은 다이아몬드, 구리, 금, 코발트 등 풍부한 천연자원을 갖고 있어 부유한 국가가 됐을 법도 한데 세계에서 가장 가난한 국가 중 하나다. 1990년대 중반 발발한 내전으로 육백만 명 이상이 목숨을 잃었다. 콩고민주공화국은 꽤 유망한 커피 생산국이었지만 내전 발발 이후 수확량이 10분의 1로 줄어들었다. 내전 중 많은 커피 가공시설이 파괴되고 전기 공급과 도로까지 끊기자 커피를 판매할 방법이 없어졌다. 커피 생산자들은 커피를 팔기 위해 낡고 작은 배에 커피를 실어 키부 호수 건너편 르완다로 이틀에 걸친 항해를 감행했다. 도중에 배가 침몰하거나 해상 강도를 만나 커피와 목숨 둘 다를 잃는 경우도 많았다. 운좋게 르완다에 도착해도 현지 상인 모두가 이들에게는 다른 판로가 없다는 것을 알았기 때문에 시가보다 훨씬 낮은 가격에 커피를 넘겨야만 했다. 내전 이후 약 이천 명의 콩고민주공화국 커피 생산자가 이 호수에서 목숨을 잃었다. 아프리카에서 가장 아름다운 호수라는 이곳, 키부 호수에서 말이다.

내가 한국에서 출발하기 며칠 전 콩고민주공화국 서부에서 에볼라가 발병했다. 르완다에서 콩고민주공화국 국경을 넘어 고마에 도착한 당일에는 비룽가 국립공원 인근에서 무장 반군에 의한 영국인 관광객 납치가 발생했다. 비룽가는 다음날 방문할 커피 가공소가 있는 곳이다. 결국 영국인 두 명은 잡혀가고 함께 있던 경호원과 운전사는 살해당했다. 이 지역에는 현재 약 이천 명의 무장 반군이 활동하고 있으며 지난달에만 납치와 매복 공격으로 경비대를 비롯한 여덟 명이 살해됐다. 긴장한 현지 파트너는 이리저리 전화하더니 그래도 커피 가공소를 방문하겠느냐고 물었다. 당연하다고 답했다. 비가 많이 내려서 예정보다 네 시간 늦게 소형 프로펠러기를 타고 보템보로 떠날 수 있었다. 비행기는 귀가 멍해질 정도로 내부가 시끄러웠고 이리저리 심하게 흔들렸다. 얼마 지나지 않아 비행기 양쪽으로 거대한 화산이 연이어 나타났다. 그중 니라공고 화산은 아프리카에서 가장 위험한 활화산인데 2002년 폭발해 많은 사람이 죽었다.

비행기는 보템보 공항에 무사히 착륙했는데, 내려서 보니 활주로가 그냥 흙바닥이다. 보템보는 이 지역 주요 도시인데도 전기와 수도가 들어오지 않고 시내에도 포장된 도로가 거의 없었다. 차창 밖 도시 풍경은 매우 낯설었다. 에티오피아나 케냐의 지방도시와는 전혀 다른 느낌이었다. 과거와 현재, 미래가 비현실적으로 공존하고 있었다. 도시 전체가 지구 멸망 이후를 배경으로 하는 영화, 〈매드맥스〉의 세트장 같았다. 예정보다 도착시간이 늦어져 바로 호텔로 이동했는데 호텔 정문에 경비가 바주카포를 들고 있었다. 이곳은 세상에서 가장 안전한 호텔이거나 가장 위험한 호텔일 거라고 생각했다. 다음날 아침 두 시간 거리의 가까운 커피 가공소로 향했다. 원래는 비룽가 국립공원의 커피 가공소도 방문할 예정이었지만 납치 사건으로 도로가 폐쇄된 상태였다. 인근 커피 가공소로 가는 길조차 무척 험했고 도착한 마을은 믿기 힘든 오지였다. 커피 가공소와 주변 커피 농가는 꽤 높은 고도인 해발 1800미터 내외에 자리잡고 있었고 비옥한 화산 토양에 고급 품종에 해당하는 부르봉 비중이 높아서 품질 잠재력은 높아 보였다. 하지만 가공 과정 문제인지 많은 샘플을 확인해봐도 쓸 만한 커피를 찾기는 쉽지 않았다. 좋은 콩고민주공화국 커피를 구하기 위해서는 아직 조금 더 시간이 필요한 것 같았다.

이 지역을 식민통치하던 시절 벨기에는 이곳에 커피를 심어서 수출하고 일부는 본국으로 가져갔다. 이 지역 국가들은 독립한 이후에도 생존하기 위해 계속 커피를 생산해야 했고 식민주의 국가가 만들어놓은 기존의 커피 거래 시스템을 통해 커피를 판매할 수밖에 없었다. 이곳 사람들은 여전히 공용어로 벨기에 프랑스어를 사용한다. 벨기에는 식민통치 시절 콩고민주공화국에서 천만 명을 학살했지만 히틀러나 스탈린만큼 벨기에라는 나라가 비난받지 않는다. 지금도 키부 지역 국가에는 벨기에인과 프랑스인이 많이 들어와 여러 사업을 주도하고 있다. 정치적 독립은 오래전에 이루어졌지만, 경제적 예속과 문화·심리적인 상흔은 더 뿌리깊게 장기지속하는 것 같다. 이곳 사람들에게 커피란 무엇일까?

키부 지역에서 커피는 대표적인 '충돌 내성 작물conflict resistant crops'로 기능한다. 이 유형의 작물은 국가와 환경에 따라 종류가 다양하지만 그 지역을 무력으로 점령한 세력이 곡물을 소비하거나 판매하여 이익을 얻기 어렵다는 공통점을 갖는다. 커피 열매는 사람이 바로 먹을 수 없고 가공에 상당한 설비와 시간이 필요하며 지역에서의 현금화가 쉽지 않다. 그래서 커피는 무력 충돌의 와중에도 커피 생산자가 정주할 수만 있다면 생산이 가능하다. 커피는 내전이 끝난 후에도 피해 복구와 지역민의 수익 증대에 중요한 역할을 하고 있다. 특히 스페셜티커피는 기존의 자급자족 상태에 머물러 있는 생산자를 국제 시장과 연결하고 높은 부가가치를 지속해서 만들어낼 수 있는 토대를 제공한다. 커피는 르완다가 내전으로 인한 파괴를 성공적으로 넘어서는 데 중요한 디딤돌이었고 콩고민주공화국이 지난 수십 년 동안의 사회 불안을 극복하는 데 큰 도움이 되고 있다. 지난 10년 동안 만난 모든 커피 생산자에게 커피는 희망이었지만 특히 르완다와 부룬디, 콩고민주공화국의 커피 생산자에게 커피는 죽음과 파괴를 딛고 일어서는 희망이라는 생각이 들었다.

직업으로서 혹은 음료로서 커피를 좋아하는 마음과 커피를 생산한 사람들의 역사, 문화, 사회경제적 상황을 이해하려는 마음이 서로 다르지 않다고 믿는다. 적어도 나에게 무엇을 좋아한다는 의미는 그렇다.

10년의 결실

인도 아라쿠 지역의 생산자와 아이들

10년 전 처음 젬스 오브 아라쿠Gems of Araku라는 인도 동부 아라쿠 지역 커피경연대회에 국제심사위원으로 초청받은 적이 있다. 아라쿠는 인도의 전통적인 커피 재배지역은 아니다. 인도의 커피 산지로 가장 많이 알려진 곳은 남서부의 카르나타카다. 그때만 해도 국내에 인도 커피는 거의 알려지지 않았다. 하지만 인도는 2020년 기준 세계 7위의 커피 생산국이다.

젬스 오브 아라쿠 커피 심사는 하이데라바드에서 진행했다. 하이데라바드는 인도 중부의 주요 도시로 이슬람 문화 전통이 많이 남아 있다. 시내 대부분의 간판이 힌두어, 영어, 아랍어를 병기하고 있고 세계적인 규모의 모스크도 있다. 인도는 워낙 다양한 인종, 종교, 언어를 갖고 있지만, 하이데라바드는 아마도 그 정점이 아닐까 싶다. 공상과학영화의 한 장면을 위해 일부러 꾸며놓은 영화 세트장처럼 다채로운 사람과 자동차, 색감, 활력으로 가득찬 도시의 풍광이 인상적이다. 오래전부터 이곳에는 예멘, 이란, 아르메니아, 터키, 에티오피아, 중동 이주민이 각각 중요한 커뮤니티를 형성해서 살고 있었고 16세기부터 시작된 서구 열강의 인도 침략으로 인한 서양 문화의 영향도 많이 남아 있다. 종교적 문화적 차이는 갈등의 씨앗이기도 하지만 풍부한 창조의 자양분이 되기도 하는 것 같다.

국제 심사위원들은 아라쿠 지역 생산자가 출품한 커피 중 예선을 통과한 샘플부터 커핑을 시작했다. 이틀 동안 오전과 오후로 나누어서 진행했는데 온종일 서서 100여 개가 넘는 샘플을 커핑하다보면 지치고 집중력이 떨어진다. 그러다보니 한번 평가에 할애된 50분을 다 쓰지 않고 대충 점수 매기고 앉아서 쉴 자리를 찾고 싶을 때가 많다. 하지만 커피를 심사한다는 것은 커피 생산자가 1년 내내 땀 흘리며 고생해 수확한 커피를 단 50분 만에 평가하는 과정이기도 하다. 그런 점에서 커핑에는 커피가 가진 품질과 관능적 특성을 잘 살피는 것뿐만 아니라, 행여 나의 편리와 편견 때문에 1년의 결실을 부당하게 평가하지 않도록 커핑 테이블 앞에서 신중하고 집중하는 태도가 필요하다.

하이데라바드에서 커핑이 끝난 후 심사위원단은 차를 타고 아라쿠로 향했다. 구불구불 이어진 산길을 세 시간 정도 오르내리니 녹음이 우거진 아라쿠 계곡에 펼쳐진 커피 재배지역이 모습을 드러냈다. 우리는 그중 한 마을을 방문했다. 온 마을 사람이 나와 우리에게 꽃으로 만든 목걸이를 걸어주고 춤을 추며 반갑게 맞아줬다. 이 지역은 인도 내에서도 소수부족 취급을 받는 토착 원주민의 거주지다. 이곳 사람들은 원래 화전민이었다. 산속 여기저기 불을 질러 한두 해 농사짓다가 다른 곳으로 이동했고 토지는 쉽게 황폐해져 궁핍은 더 심해졌다. 이 지역의 문맹률과 빈곤율은 인도 전국 평균보다 약 두 배나 높다.

이들은 오랫동안 인도 정부가 제공하는 전기, 의료, 교육 등 공공 서비스로부터 배제되었고 인도 사회로부터도 배척당했다. 그러다보니 이곳 부족 사람들은 낙살Naxal이라고 부르는 인도 마오주의 무장 게릴라활동에 호의적이었고 자신들의 생활 터전인 숲과 공동체를 지키기 위해 낙살에 가입해 활동하거나 그들에게 은신처를 제공하는 경우가 많았다. 낙살은 현재 만여 명 정도가 인도 중부와 동부 산악지대를 중심으로 활동하고 있는, 세계에서 가장 오랫동안(약 50여 년) 무장투쟁을 이어온 집단이다. 가난하고 부조리와 착취가 심한 지역일수록, 소수부족에 대한 차별과 소득 격차가 심한 곳일수록 낙살은 지역의 지지와 호응을 얻고 있다.

혁신이 만들어낸 아라쿠의 기적

인도의 빈곤퇴치 및 사회개발 NGO 난디Naandi는 이곳 아라쿠 지역의 부족에게 커피 재배를 권유했다. 아라쿠 커피는 처음부터 유기농과 공정무역 인증을 받았지만, 10여 년 전부터 스페셜티커피 생산을 목적으로 다시 한번 혁신을 시도했다. 당시 인도에서 유기농법 전문가로 이름 높던 뉴질랜드인 데이비드 호그를 영입해 커피 생산자들에게 경작법과 시비법(농작물에 비료를 공급해 생육을 촉진시키는 농작법)을 꾸준하게 가르쳐 품질을 높여나갔다. 하지만 아라쿠는 전통적인 커피 산지가 아니다보니, 스페셜티커피 시장에서 잘 알려지지 않아 국내외 판매처를 확보하기 어려웠다. 그래서 시작한 것이 '젬스 오브 아라쿠'다. 세계 각국의 스페셜티커피 회사를 심사위원으로 초청해 아라쿠 커피를 알리고 해외 판매를 위한 통로를 만들었다.

아라쿠 생산자들은 지역에서 재배하는 식물이나 동물 부산물로 만든 퇴비만 커피 농사에 사용한다. 여기에 특별히 배양한 미생물을 섞어주는데 이 미생물이 퇴비의 영양분을 잘게 분해해 커피나무가 잘 흡수할 수 있게 만든다. 커피나무가 걸리기 쉬운 각종 곰팡이병도 미생물 천적을 배양해서 물에 희석한 후 나무에 뿌려주는 방법으로 효과적으로 대처하고 있다. 그래서인지 일반 유기농 커피 농장과 다르게 아라쿠의 커피나무는 질병 없이 건강하고 영양 상태가 좋았다. 유기농 커피는 병충해와 생산량 부족으로 재배하기가 정말 어렵고 커피 품질과 수확량이 안정되기까지 시간이 오래 걸린다.

난디에서 아라쿠에 설립한 커피 협동조합에는 현재 이만오천 명의 생산자가 회원으로 활동하고 있는데, 이는 세계 최대 규모의 유기농 및 공정무역 인증 커피 조합이다. 아라쿠 커피 생산자는 이 조합에 각자 수확한 커피열매를 인도 평균 구매가격의 네 배 이상에 판매한다. 협동조합은 판매대금을 즉시 생산자에게 할당하지만, 일시불이 아닌 월 단위로 지급해서 연중 생활비가 부족하지 않도록 한다. 보통 다른 커피 생산국에서는 소규모 생산자가 커피열매를 판매하면 빨라야 4~5개월 후에 대금을 받는 경우가 대부분이다. 생산자는 그사이 아무런 수입 없이 살아야 하고 내년 농사를 위한 준비와 투자를 할 수 없다. 아라쿠의 이런 대금 지급 방식은 커피 생산자의 안정적인 생활에 큰 도움이 되었고, 생산자가 커피 재배에 더 집중하게 되면서 커피 품질이 높아졌다. 또한 데이비드 호그가 이끄는 기술지원팀은 커피 재배 마을들을 일일이 방문하며 영농 교육을 계속하고 공동 퇴비장을 만들어 미생물과 함께 발효시킨 유기농 퇴비를 마을 단위로 공급한다. 이런 노력 덕에 아라쿠 커피는 양적으로나 질적으로 매년 성장하고 있다. 나도 처음에는 아라쿠 커피에 큰 기대를 하지 않고 심사에 참여했지만, 아라쿠 커피는 인도의 다른 지역 커피는 물론, 세계적으로도 비슷한 커피를 찾아보기 힘들 정도로 독특한 향미를 갖고 있어서 심사하며 깜짝 놀랐다. 정말 신기하게도 아라쿠 커피는 인도 음식의 향미를

수확한 커피를 조합에 맡기러 나온 한 아라쿠 커피 생산자와 딸.

닮았다. 특히 카르다뭄, 시나몬, 민트, 정향, 아니스같이 다양한 향신료가 만들어내는 이국적이고 복합적인 풍미는 내가 지금까지 맛본 그 어떤 커피에서도 경험하지 못한 것이다. 나는 이런 향미가 어떻게 커피에서 나올 수 있는지 궁금해서 데이비드 호그에게 물었다. 그는 웃으며 신비한 미생물 활동이 만들어내는 연금술이라고 답했다.

마지막날은 젬스 오브 아라쿠 시상식이 열렸다. 정말 많은 사람이 걸어서, 그리고 오토바이를 타고, 트럭을 타고 모여들었다. 그렇게 약 이천 명 이상의 커피 생산자가 참석해 심사위원 모두를 놀라게 했다. 결선에 오른 커피들을 시상했고 우승한 생산자에게는 트로피와 상금을 수여했다. 심사위원 모두 시상식 무대에 앉아 있었는데 그 많은 커피 생산자들을 마주하고 있으려니 심사할 때 조금 더 열심히 할걸 후회가 들었다. 시상할 때마다 사람들의 반응은 뜨거웠다. 이것만으로 젬스 오브 아라쿠는 성공한 행사라는 생각이 들었다. 결선에 올라 수상한 사람도, 그렇지 못한 사람도 앞으로 커피 재배에 더 큰 노력을 쏟을 것이 분명했다.

맑고 순수한 환대

시상식을 마치고 심사위원 및 대회 관계자들과 함께 인근 여학교를 방문했다. 난디가 기부금으로 운영하는 학교다. 한국이 예전에 그랬던 것처럼 인도에서도 집이 가난하면 제일 먼저 교육에서 배제되는 것은 여자아이다. 그리고 그들 중 상당수는 어린 나이에 결혼 지참금에 팔려가듯 결혼을 한다. 특히 가난한 농촌 지역에서 이런 일이 더 흔하다. 대중교통도 없고, 부모는 일찍 일하러 가야 하므로 아이를 학교까지 데려다줄 형편이 안 된다. 그래서 이 학교는 기숙학교로 운영하고 학생들은 집에 한 달에 한 번 간다. 아이들은 학교에 찾아온 외국인이 신기한지 다들 눈을 동그랗게 뜨고 쳐다봤다. 한 교실에 들어갔는데 다섯 명의 아이가 나와서 환영의 노래를 불러주었다. 알아듣지 못하는 힌두어였지만 감동했다. 담임선생님 말에 따르면 아이들 부모의 직업은 다양하지만 대부분 농사를 짓는데 특히 커피 생산자가 많단다. 지난 며칠 동안 커핑했던 커피를 재배한 농부들의 딸들이라고 생각하니 더 각별했다. 커피리브레에서 구매하는 커피가 이 아이들과 나를 연결해주고 있다는 생각이 들었다. 교실 문을 나서자 아이들이 우르르 몰려나와 수줍어하면서도 너도나도 손을 내밀어 악수를 청했다. 아이들이 저마다 까르르 웃으며 악수를 하고 손을 흔드는데, 이런 맑고 순수한 환대를 느껴본 지가 언제인가 싶었다. 아주 특별한 경험이었다. 지금까지 전 세계 많은 커피 이벤트에 참여했지만, 이보다 더 멋지고 인상적인 마무리는 없었다.

나는 아라쿠에서 귀국하자마자 방문했던 여학교를 운영하는 난디 기금에 서른 명의 학비와 기숙사비를 후원하기 시작했다. 매년 그 수가 늘어나, 10년이 지난 지금은 약 사백 명의 아이들을 지원하게 되었다. 그리고 우리는 현재 아라쿠 커피의 최대 구매업체가 되었다.

2019년 12월 말에 다시 아라쿠에 다녀왔다. 최근 5년 동안 중미와 산지 방문 시기가 겹쳐 아라쿠에는 매년 회사 직원이 대신 방문했었다. 나는 그새 이곳 생산자들의 살림살이는 좀 나아졌는지 유심히 살펴보고 물어봤다. 다행히도 그런 것 같았다. 안타까운 현실이지만, 10년을 다이렉트 트레이드로 커피를 거래하며 우리가 높은 가격으로 커피를 구매해도 조합 소속 개별 생산자의 생활 수준이나 커피 재배 환경이 눈에 띄게 나아지지 않는 경우가 허다하다.

좋은 품질의 커피를 생산하면 더 나은 미래가 있을 거라고 내가 생산자에게 자신 있게 건넸던 말은 아직도 충분히 실현되

지 못하고 있다. 그런 점에서 가난하고 사회적으로 배척당한 아라쿠 생산자가 난디와 함께 이를 극복하기 위해 스페셜티커피 생산이라는 방향성을 세우고, 국제화 전략으로 젬스 오브 아라쿠 대회를 유치한 것, 그리고 품질을 높이기 위한 전문가 지원 시스템과 영농 기법을 조합에 도입해서 다음 세대를 위한 교육과 투자로 이어나가는 것, 그로 인한 수입 증대가 일과 생활, 지역 발전으로 되돌아오는 선순환 구조를 만들어낸 것은 보기 드문 성공사례다. 나는 아라쿠 모델이 소규모 커피 생산자가 만들어가는 지속가능한 미래의 바람직한 모습이라고 생각한다.

'우리 농장'이라는 다정한 말

콜롬비아 카우카의 티르사와 하이로

내 일이 참 좋다

콜롬비아 카우카. 꽃들이 만발한 농장 입구를 지나자 오래되어 낡았지만 잘 정돈되고 온갖 꽃과 식물로 가득한 집이 나왔다. 티르사는 밝고 당당하게 우리를 맞아주었다. 이제 막 수확이 끝난 농장을 가볍게 둘러본 후 그의 커피나무들을 뒤로하고 얘기를 나누었다. 티르사는 올해 일흔한 살 여성이다. 이 집에서 태어나 도시에서 학교를 나오고 가정법원 판사로 일하다가 몇 년 전 은퇴했다. 퇴직하고 일자리를 새로 구하려니 힘들어서 아버지가 돌아가신 뒤 오랫동안 방치해둔 커피 농장을 다시 일구기 시작했다. 티르사는 이 집에 돌아오자마자 마을에 유치원이 없다며 농장 한쪽을 유치원 용지로 쓰라고 기부했다. 곧 유치원이 세워졌고 우리가 농장에 머무는 내내 아이들의 노랫소리와 웃음소리가 배경음악처럼 들려왔다.

티르사는 가정법원에서 일할 때 법정에서 만난 여섯 명의 부모 없는 여자아이들을 입양해준 수녀님이 돌아가셔서 장례식장에 다녀오는 길이라고 했다. 그 아이들이 이제 다 컸는데, 수녀님을 소개해줘서 고마웠다며 다들 자신을 포옹해주었고 티르사는 기분이 좋았다며 장난기 어린 표정으로 어깨를 으쓱해 보였다. 결국 자기 자랑인 셈이었지만 '배경음악' 탓인지 그녀가 얄밉지 않았다.

요즘 젊은 일꾼 구하기가 너무 어려운데 다들 커피 농장의 힘든 일은 하기 싫어하고 오토바이택시나 하고 싶어한다며 큰일이라고 푸념도 늘어놓았다. 곧이어 커피와 간식거리를 내줬다. 커피는 너무 맛이 없었지만, 예의상 다 마시려고 온 힘을 다했다. 커피 잔이 참 크기도 하지. 겨우 다 마셨더니 바로 빈 잔 가득 커피를 다시 채워줬다. 이번에도 다 마시면 한 잔 더 줄 것 같아서 다 마실 수 없었다. 정원에 돌로 만든 물그릇이 많아 물어봤더니 집에 찾아오는 새들이 물 마시고 샤워하고 가라고 이곳저곳에 물을 채워놓는다고 한다. 티르사는 정말 유쾌하고 멋진 분이었다. 그가 기른 커피에는 어떤 선율이 흐르고 있을까 궁금해졌다.

오늘도 말이 이끄는 대로 하늘 가까운 산길을 오르고 또 오른다. 이런 데도 정말 사람이 살까 싶을 즈음이 되면 심어놓은 커피나무들이 불쑥 나타나고 곧이어 허름한 집과 가공한 커피를 말리는 비닐하우스가 거짓말처럼 모습을 드러낸다. 이런 깊은 산골에 있는 농장에서는 커피밭 좀 볼 수 있느냐는 질문은 삼가는 편이 좋다. 자칫하면 산골짝을 한참이나 오르내려야 할 가능성이 높기 때문이다. 결국 마중나온 생산자를 따라가보니 2000미터가 넘는 산 중턱에 줄도 맞추지 않고 흩뿌리듯 커피나무를 심어놨다. 사탕수수, 구아바, 오렌지, 블랙베리도 커피와 같이 기르고 벌통 몇 개에 벌도 치고 있다. 고도가 높고 건조한 기후라 커피열매를 그대로 건조해 껍질을 벗기는 '내추럴 가공'을 해보라는 전문가의 제안에 내추럴 커피만 생산하고 있단다.

콜롬비아에서는 어느 빈한한 커피 농가를 방문해도 그들이 줄 수 있는 최고의 음식을 내어놓는다. 어제 방문한 농장에서는 점심으로 닭 수프와 삶은 닭을 줬는데 닭고기를 못 먹는 내가 쭈뼛대고 있으니까 고맙게도 다시 부엌으로 들어가 달걀부침을 해줘서 밥이랑 허겁지겁 먹었다. 오늘 또 닭이 나오면 어떡

하나 걱정하며 자리에 앉았는데 송어튀김이 나왔다. 송어가 정말 신선하고 맛있어서 이 산골 어디에서 구했느냐고 물었더니 근처 계곡에서 직접 낚시로 잡았다고 한다. 알고 봤더니 밥을 해준 분은 이 집 딸인데 딸에게도 근처에 작은 농장이 있다고 한다. 그의 이름은 아멜리아. 작년 이맘때 한 해 동안 기른 커피 서른일곱 포대 전부를 트럭을 불러 포파얀으로 팔러 가다가 강도를 만나 모두 도둑맞았다며 어제 일처럼 속상해했다. 올해는 하이로가 커피 가격을 잘 쳐줘서 작년에 진 빚을 다 갚고 근처에 자그마한 땅을 사서 커피나무를 새로 심었다며 그제야 얼굴이 밝아진다. 앞으로 조금씩 땅을 사서 커피를 심게 되면 아무리 작은 땅이어도 각각 농장 이름을 붙여줄 거라고 한다. 그의 멋진 꿈을 들을 수 있어서 좋았다. 내일 이 가족의 커피를 커핑하기로 했는데 맛이 좋아서 다 살 수 있으면 좋겠다.

산세가 깊어 5시가 되니 벌써 해가 산등성이로 넘어갔고 바람이 차가워졌다. 십여 명 가까운 가족들과 일일이 악수와 포옹을 하며 작별 인사를 마치고 나는 말에 올라 길게 이어진 오르막길로 들어섰다. 도중에 사람 소리가 들려 뒤를 돌아보니 가족들 모두 걸어서 어둑해진 길을 따라오고 있었다. 30분쯤 더 올라 차를 세워둔 곳에 도착했다. 우리는 두번째 작별 인사를 처음 하는 작별 인사처럼 나누고 헤어졌다. 불빛 하나 없는 비포장 산길을 굽이굽이 돌아 나오는데 하늘에는 별이 가득했고 은하수도 보였다. 이럴 때, 나는 내 일이 참 좋다.

작은 회사의 어리바리한 두 사장이 통하다

하이로를 처음 만난 것은 7년 전 콜롬비아 페레이라에서 열린 컵 오브 엑설런스에 심사위원으로 참가했을 때다. 머뭇거리며 다가와 자기 회사를 소개하고 싶은데 잠깐 시간을 내줄 수 있냐고 물었다. 속으로 우리가 얼마나 작은 회사인지 모르고 그러는 것 같아서 미안한 마음이 조금 들었지만, 다음날 나는 그와 함께 점심을 먹기로 했다. 하이로는 노트북을 열어 준비해온 자료를 보여주며 열심히 자신의 회사와 일, 꿈에 관해 이야기했다. 잘 준비된 자료였지만 정작 내 마음을 움직인 것은 그의 말에서 느껴지는 커피에 대한 열정과 확신이었다. 보통 이런 경우 자신의 회사가 얼마나 크고 좋은 설비를 하고 있는지, 외국의 어떤 유명 업체와 거래하는지를 자랑하기 바쁜데, 그는 주로 앞으로 하고 싶은 일에 관해 이야기했다.

하이로 회사도 우리처럼 설립한 지 그리 오래되지 않은 듯했다. 아버지가 포파얀에서 꽤 규모가 있는 커피 수출업체를 운영하고 있었지만, 자신은 이제 막 성장하기 시작한 스페셜티커피에 기반한 사업을 펼치고 싶어했다. 아버지는 그의 제안에 코웃음만 쳤고 하이로는 형과 함께 독립해서 반엑스포트라는 회사를 차렸단다. 나는 그제야 고백하듯 우리 회사도 이제 막 시작한 작은 회사라고 하니 실망하기는커녕 자신도 그렇다며 크게 웃었다. 당시 콜롬비아에는 외국에 잘 알려진 유명한 스페셜티커피 수출업체가 여럿 있었고 그중 몇몇 회사는 만나보기도 했지만 나는 하이로가 마음에 끌렸다.

6개월 뒤 수확이 시작되었을 때 그를 만나기 위해 다시 콜롬비아를 방문했다. 하이로는 자신의 커피 가공소로 나를 데려갔는데 규모가 작고 허름했다. 사무실 한쪽의 커핑 공간은 좁고 보잘것없었다. 샘플 로스터와 그라인더는 낡았고 커핑하는데 꼭 필요한 정수기도 없었다. 하지만 그가 콜롬비아 남부 전역을 돌며 모아온 샘플을 커핑했는데 생각보다 마음에 드는 커피가 꽤 있었다. 그 뒤 우리는 열흘에 걸쳐 톨리마, 카우카, 우일라의 농장들을 함께 둘러봤다. 수확기는 커피 수출업체가 가장 바쁠 때다. 여러 생산자가 가져오는 샘플을 평가한 뒤 좋은 커피는 빨리 수매 계약을 맺어 확보해야 하고 커피를 사러 찾아오는 외국 바이어들을 맞아야 하기 때문이다. 그래서 수확 시기에 우리같이 작은 회사를 위해 열흘의 시간을 할애하는 것은 사실 대단한 일이고, 나는 그때까지 산지의 커피 수출업체로부터 그런 '대접'을 받아본 적이 없다. 지금 생각하면 작은 회사의 젊고 어리바리한 사장 둘이 그냥 합이 잘 맞았던 것 같다. 아무튼, 나는 소탈하고 재미있는 하이로가 좋았다.

2019년에 하이로를 방문했더니 깜짝 놀랄 소식이 있다며 나를 어디론가 데려갔다. 커피 농장을 샀다는 것이다. 도착한 곳은 포파얀에서 그리 멀지 않은 산 정상 부근이었는데 고도가 높아 멀리 포파얀이 내려다보였다. 농장 이름은 새로 태어난 조카 이름을 따서 후안 마르틴이라고 지었단다. 커피 수출업체와 커피 농장은 전혀 다른 영역의 일이다. 커핑으로 커피 품질을 판단해서 가공하고 외국에 커피를 수출하는 일과 커피를 재배하는 일은, 커피를 로스팅하는 것과 커피 로스팅 기계를 제작하는 일만큼이나 큰 차이가 있다.

하이로도 잘 알고 있었다. 하지만 그는 커피를 생산해서 판매하는 것보다는 농장에서 자신이 직접 여러 가지 비료, 농약, 농법, 품종, 가공 실험을 제대로 해서 그 결과를 자기 회사의 파트너 생산자들과 공유하기 위한 목적이 더 컸다. 생산자의 커피 품질 향상이 자기 회사의 성장과 맞물려 있다는 것이다. 누구나 알고 있지만 실행하기에는 남다른 용기가 필요한 일이 많다. 하이로는 이야기하면서 자기 농장이 아니라 꼭 '우리' 농장이라

고 말했다. 마음만으로도 고맙다. 이곳을 방문한 지난 7년 동안 그의 꼬맹이 딸은 어느덧 대학생이 되었고 갓난아기는 초등학교에 들어갔다. 포파얀에 머물 때는 매일 점심, 저녁을 하이로 가족과 함께 먹는다. 지난주 하이로에게 아버지가 돌아가셨다는 메일을 받았다. 하이로가 독립하고 화가 단단히 난 아버지가 한동안 자신을 만나주지도 않는다며 푸념하던 그의 모습과 그로부터 시간이 흘러 아버지가 이제는 두 형제의 가장 든든한 후원자가 되었다며 좋아하던 모습이 교차했다.

참, 그뒤 한국에 도착한 티르사의 커피는 왈츠같이 경쾌했다. 아멜리아 가족의 내추럴 커피는 콜롬비아 커피라고 느껴지지 않을 만큼 독특했다. 두 커피 모두 이례적으로 빨리 완판되었다. 나는 티르사와 아멜리아의 커피를 로스팅할 때마다 그곳의 꽃과 별을 떠올린다. 나는 지금 하이로가 보낸 그들의 햇커피가 도착하기를 기다리고 있다. 하이로의 회사는 어느덧 규모와 평판 모두에서 콜롬비아를 대표하는 스페셜티커피 수출업체 중 하나가 되었다.

매년 이맘때는 남미 콜롬비아와 볼리비아에서 보냈다. 2020년에는 코로나 때문에 방문하지 못했다. 다행히 하이로가 좋은 샘플을 보내줘서 마음에 드는 커피를 구매할 수 있었다. 남미는 유럽이나 미국보다 코로나가 늦게 유행했다. 콜롬비아는 서둘러 강력한 셧다운을 시행했지만, 2020년 10월 기준으로 코로나19 확진자가 95만 명으로 세계에서 여섯번째로 많다. 하이로가 전해준 소식에 따르면 콜롬비아는 대중교통 및 이동 제한 조처로 커피열매를 따는 데 필요한 노동력 확보가 어려워 수확이 지연되었고 생산량이 감소했다.

커피 수확 일을 하지 못한 노동자도, 커피를 제때 따지 못한 농장의 생산자도, 셧다운으로 일자리를 잃은 도시 노동자와 가게 문을 닫은 자영업자도 모두 힘든 시기를 보내고 있다. 나는 티르사와 아멜리아 가족은 요즘 어떻게 지내고 있을까 궁금했다. 그러다 문득 그들이 내게 보여준 일상처럼 늘 주위를 돌보며 찾아준 손님을 환대하고, 자신을 돌아보며 끊임없이 희망하는 것, 오늘 할 수 있는 일을 묵묵히 해나가는 것만이 우리의 일상을 지킬 수 있는 평범하지만 강력한 방법이 아닐까 생각했다. 그 여정에 커피가 작은 보탬이 될 수 있기를.

무언가를 좋아하는 데는, 그만큼의 노력과 책임이 따른다

과테말라와 니카라과의 커피 노동자들

과테말라 안티구아 지역에 있는 아드리안의 농장은 대단한 규모였다. 내가 그동안 방문했던 전 세계 수백 개 커피 농장 중 가장 컸는데 수천 헥타르에 이르는 농장은 해발 4000미터급 아카테낭고 화산의 거의 절반 가까이 되는 땅과 세 개의 마을을 품고 있었다. 농장은 구석구석 잘 정돈되어 있었고 온갖 농기계와 커피 처리시설은 최신식이었다. 커피 구매를 위해 함께 커핑을 하는데 아드리안은 꼭 필요한 샘플 일부를 과테말라시티에 두고 왔다며 아쉬워했다. 한 시간쯤 지났을까, 갑자기 헬리콥터가 건물 옆 잔디밭에 내리더니 샘플을 던져주고 바로 이륙해 날아갔다. 우리는 마저 커핑을 끝낼 수 있었다. 아드리안은 농장

내 마을 주민을 위해 유치원부터 고등학교까지 무료로 운영하고 있다. 마침 찾아간 초등학교에서는 아이들이 각자 노트북을 앞에 두고 컴퓨터를 배우고 있었다. 대부분 원주민과 메스티소(중남미 원주민과 에스파냐계·포르투갈계 백인과의 혼혈인종)였는데 학교에서는 일반 교과목뿐 아니라 저축하는 법, 서류 작성하는 법, 기본 위생 등 실생활에 필요한 내용을 가르치고 있었다. 농장 안에는 병원과 치과도 있는데 마을 주민만이 아니라 농장 밖에 사는 주민의 친척까지 모두 무료다.

중미의 니카라과, 엘살바도르, 과테말라는 70~80년대 심각한 내전을 겪었다. 수십만 명의 사람이 죽거나 실종됐다. 사람들 사이에 내전의 기억은 아직도 선명하지만 쉽게 드러낼 수 없는 상흔으로 남아 있다. 나는 그 시절 얘기를 선뜻 물어보지 못한다. 일행이 먼저 얘기를 꺼내면 그나마 몇몇 질문을 해볼 뿐이다. 당시 커피 농장주 중 대토지를 소유했던 사람 상당수는 내전이 심각해지자 외국으로 피신했다. 그중에는 농장을 아예 몰수당한 경우도 있고 나중에 농장의 일부만 되찾은 사람도 있었지만, 어쨌든 대부분의 커피 농장은 오랜 내전을 거치며 황폐해진 후였다. 내전이 끝나자 고향을 떠났던 사람들이 돌아왔다. 하지만 재산과 농장을 빼앗기고 어려운 타지 생활을 해야 했던 경험은 좌익에 대한 뿌리깊은 적개심으로 남았다. 그들 중 일부는 내전 시기 반대편에 서서 자신을 몰아세웠던 사람들과 여전히 같은 동네에서 마주치며 살아가기도 한다.

웃돈을 주고라도 하려는 고된 노동

니카라과 오코탈에서 커피 농장을 운영하는 옥타비오는 이 지역 유력 가문 출신이다. 옥타비오 일가는 내전이 있기 전 방대한 농장을 소유하고 시내에 많은 건물을 갖고 있었지만, 내전에서 승리한 산디니스타 혁명정권이 들어서자 가족들은 모든 것을 버리고 외국으로 뿔뿔이 흩어졌다. 옥타비오 가족은 온두라스와 미국으로 피신했고 그는 코스타리카에서 대학을 나와 직장을 구했다. 한번은 차를 타고 오코탈 교외를 지나는데, 옥타비오가 창밖을 가리키며 예전에는 여기 보이는 땅이 전부 아버지와 가족 소유였다며 말끝을 흐렸다. 그의 농장에는 지금은 말라버린 작고 낡은 분수가 있었다. 옥타비오는 자신이 어렸을 때 좌익 민병대가 농장에 침입해 관리인을 죽이고 처박아 분수에 피가 흥건했던 기억을 갖고 있다.

몇 년 전 인도에서 두 농장주와 함께 차를 타고 이동하고 있을 때다. 나와 동갑인 키릿은 인도에서 보기 드문 무종교주의

자다. 힌두교 사제로 봉직하고 있는 아파두레이는 자신이 브라만이라는 것을 자랑스럽게 생각한다. 갑자기 아파두레이가 인도의 무슬림에 대해 불평하기 시작했다. 무슬림은 폐쇄적이며 공격적이고 자녀를 너무 많이 낳아 인도 내 인구 비율이 빠르게 상승하고 있다, 그런데도 정치인들은 표를 더 얻기 위해 무슬림 눈치를 보고 있는데 이것은 인도의 미래를 위해 좋지 않다며 열변을 토했다. 키릿은 무슬림도 인도 국민이며 국가를 운영해나가는 데 있어 특정 종교에 치우친 정책은 분열을 낳기 때문에 좋지 않다고 했다. 곧이어 아파두레이는 파키스탄에 대해 더 강경한 정책을 펼쳐야 한다고 주장했고 키릿은 조용히 고개를 저었다. 나는 뒷좌석에서 그들의 대화를 조용히 듣고만 있었다.

중미에서 파나마에 이어 가장 소득 수준이 높은 코스타리카에서는 커피 수확철이 되면 국경을 개방해 니카라과 사람들을 커피 수확 노동자로 받아들인다. 이들은 수확철에 서너 달 일하고 돌아간다. 이들은 계절노동자로 불리는데 가족이 함께 일하러 오는 경우가 많다. 집을 떠나 임시 숙소에서 지내며 일하는 것은 힘들지만 니카라과보다 임금이 높아 웃돈을 주고라도 코스타리카에 와서 일하고 싶어한다. 코스타리카에는 계절노동자 외에도 농업, 건설, 가사 노동 분야 등 3D 업종에 많은 니카라과 사람들이 종사하고 있다. 오백만 명이 채 되지 않는 코스

커피나무 옆에 서 있는 인도 아자드 힌드 농장의 농장주 키릿.

타리카 인구 중 합법적인 니카라과 이주노동자만 삼십만 명이 넘는다. 이들은 월급을 고국의 가족에게 송금하며 니카라과 경제와 외화벌이에 크게 기여하고 있다. 내가 만난 니카라과 사람들은 코스타리카에 대해 양가적인 감정을 느꼈다. 한편으로 그들의 풍요로움을 부러워하고 다른 한편으로 그들이 인종차별적이고 가식적이라며 싫어했다. 코스타리카는 중미에서 백인 비율이 가장 높고 메스티소와 원주민 비율은 제일 낮다. 코스타리카의 커피 수출업체 대표에게 이유를 물어보니 원래 이 지역은 오래전부터 원주민 거주 비율이 낮았다고 한다. 코스타리카는 중미에서 가장 온화한 기후와 기름진 토양을 갖고 있기로 유명하다.

중미 모든 국가에서 커피를 재배하지만 나는 커피 수확 노동자 중 백인을 본 적이 없다. 커피 수확은 원주민과 메스티소의 일이다. 이들은 보통 커피 수확철에는 커피를 따고 나머지는 다른 작물을 기르는 농장이나 도시 일용직 노동자로 일한다. 하지만 실업률이 워낙 높아서 일자리 구하기가 쉽지 않다. 과테말라의 한 농장주는 원주민 노동자와 일하는 것이 골칫거리라고 했다. 술 먹고 일을 나오지 않거나 자기들끼리 도박으로 돈을 탕진하고 싸움을 일으켜 문제가 생기는 경우가 잦다고 한다. 번거로워도 임금은 주급으로 지급할 수밖에 없는데, 월급으로 한

꺼번에 주면 그 돈 받고 만족한 나머지 일을 그만두기 일쑤라고 한다. 원주민은 경제 관념이나 미래에 대한 계획이 전혀 없다며 혀를 찼다. 중미에서 백인이 차지하는 인구 비율은 나라마다 차이가 있지만, 백인 대부분은 계층 피라미드 최상층에 속해 있다. 메스티소는 주로 중하층, 원주민은 최하층에 위치한다.

그동안 우리가 알지 못했던 것들

클라우디아를 처음 만난 것은 2011년 니카라과에서였다. 당시 그는 커피 수출 회사의 품질관리 담당이자 영어 통역을 맡고 있었다. 클라우디아는 오랫동안 커피 일을 해왔고 똑똑했지만, 집이 워낙에 가난했다. 많은 중남미 여성이 그러하듯 십대에 임신해서 아이를 낳았고 남자는 떠났다. 집안일과 아이를 돌보고 부모를 부양하는 일, 돈 버는 일까지 모두 그의 몫이었다. 한번은 회사에서 클라우디아가 일을 가르쳤던 후임을 자신의 상사로 임명하자 사장에게 따져 물었다. 사장은 거친 남성 커피 생산자를 상대해야 하는 일이라 어쩔 수 없다고 답했다. 매번 반복되는 일이라 크게 놀라지 않았지만, 클라우디아는 다시 회사를 떠났다. 다른 회사들도 그가 여성이라는 이유로 중책을 맡기기 꺼렸고 같은 일을 하는 남성에 비해 늘 낮은 임금을 주었다. 그는 여러 회사를 전전했고 커피 수확철에만 이곳저곳의 회사에서 비정규직으로 일했다. 나는 니카라과를 방문할 때마다 클라우디아를 만났지만, 그는 계속 안정적인 일자리를 잡지 못했다. 그러던 어느 날 클라우디아로부터 건강이 나빠져서 일을 쉬고 있다는 소식을 들었고 한동안 만나지 못했다. 3년 전, 다시 만난 그의 표정은 밝았다. 유명한 호주 커피 회사로부터 실력을 인정받아 투자를 받았고 작은 커피 농장을 사서 새로운 가공 방식을 발전시켰다. 그가 개발한 방식으로 처리한 커피는 인기가 좋아서 전량 호주로 수출하고 있었다. 나한테도 좀 팔라고 기분좋은 부탁을 했다.

과테말라는 상위 1퍼센트가 전체 부의 65퍼센트, 상위 5퍼센트가 85퍼센트를 소유하고 있다. 니카라과의 산디니스타 혁명 지도자였던 오르테가 현 대통령은 2018년 반정부시위를 무력으로 진압해서 약 600명의 시민이 목숨을 잃었다. 인도의 무슬림 인구 비율은 15퍼센트로 총 2억 명에 이른다. 니카라과는 중남미 최빈국이며 코스타리카의 1인당 GDP는 니카라과의 무려 3.5배다. 코스타리카의 백인 비율은 80퍼센트, 원주민 비율은 1퍼센트로 국경을 맞댄 니카라과, 파나마와 큰 차이가 있다. 2018년 국제커피기구ICO에서 발표한 「커피 분야 성평등 보고서」에 따르면 전 세계 커피 농장의 20~30퍼센트는 여성이 운영하고 있으며, 커피 생산에 필요한 노동력의 70퍼센트는 여성이 제공하고 있다.

지난 11년 동안 여러 커피 생산국을 방문했지만, 정작 그곳의 사회와 문화, 사람들과 삶에 대해 깊이 알지 못한다. 내가 만난 일부 현지인을 통해서만 그곳을 봐왔기 때문이다. 커피 수확 노동자나 원주민 노동자와 함께 웃으며 사진을 찍었어도 이들과 제대로 대화를 나눠본 적이 없다. 앞서 이들을 언급하며 아는 이름 하나 대지 못한 이유다. 그래서 커피 산지에 대한 나의

커피를 따고 있는 과테말라 원주민 여성 노동자.

경험과 지식은 흩어진 파편들에 불과하다. 어쩌면 이 작은 파편들이 그곳의 사회와 사람들을 들여다볼 수 있는 작은 틈이 될 수도 있겠지만 그것들은 오히려 나와 우리 사회를 비추는 작은 거울 조각에 더 가깝다. 때로는 지리멸렬한 현실과 부조리함으로 가득한 한국 사회에서 도망치고 싶었고 산지에서 잠시라도 위안을 얻고 나만의 이상향을 찾고 싶었다. 아름다운 풍경과 따듯한 사람들, 멋진 커피가 자라는 곳, 지금도 늘 그리워하는 곳이다. 하지만, 그 사회와 사람들을 낭만화하는 것은 단지 나의 투사이자 현실 왜곡일 뿐이었다. 산지에도 우리처럼 빈부격차와 좌우대립이 있고, 종교와 인종, 노동과 젠더를 둘러싼 갈등이 있다. 마찬가지로 평화와 화해도 있다. 코로나의 전 세계적 유행은 국가와 지역의 경계를 넘어 우리가 밀접하게 연결되어 있었다는 공통감각을 일깨웠다. 어쩌면 우리의 배경과 양상은 조금씩 다를지라도 다양한 사회적 질병들을 이전부터 함께 앓아왔던 것일지도 모른다.

커피는 맛있지만, 엄연히 자본주의의 상품이고 나는 그저 장사꾼이다. 사실 내 머릿속은 온통 일 걱정뿐이다. 아주 가끔, 그곳에서 마주했던 커피밭과 커피 기르는 사람들의 얼굴이 생각나 자신에게 질문을 던지곤 한다. 세상 속에서 커피가 있어야 할 자리는 어디이며 나는 무엇을 할 것인가? 내가 산지를 떠돌건 한국에서 커피를 팔건 모든 것은 이 질문에 답하는 과정일 뿐이다. 그래도 커피를 좋아한다. 많이. 정녕 무언가를 좋아한다는 것은 노력과 책임이 필요한 일인 것 같다. 코로나 때문에 적어도 내년까지는 중남미를 방문하지 못할 것 같다. 의료체계가 열악한 대부분의 커피 산지는 지금도 큰 어려움에 처해 있다. 그래도 그곳 사람들은 오늘도 커피나무를 돌보고 무언가를 또 희망하고 있겠지. 그들의 안녕을 기원한다.

3부

유배 일기:
코로나 시대의
커피 장사꾼

2020. 03. 28

나 홀로 유폐되어 초급 스페인어를 배우는 시간

커피는 농작물이다. 나는 매년 재배지 수확 시기에 맞춰 여러 산지를 방문한다. 좋은 커피를 구매하는 데 중요한 출장이다. 2020년 초 아프리카와 인도를 다녀왔고 2월 말에 중미에 도착했다. 당시 한국에서 코로나19 확진자가 쏟아지기 시작했고 몇몇 나라에서 한국인 입국금지 조치가 내려지기 시작했다. 주위에서 한사코 산지 출장을 만류했다. 첫 목적지 엘살바도르로 가기 위해 미국 LA 공항에 도착했는데 당일 엘살바도르에서 한국인 입국을 금지했다는 소식이 들려왔다. 할 수 없이 아직 입국이 가능했던 니카라과행 비행기에 올라탔다. 니카라과에서 여러 농장을 방문하고 커피를 맛보며 다음 코스타리카 일정을 기다렸다. 수확 시기에는 생산자와 수출업체 모두 바빠서 서로 약속한 날짜에 맞춰 가야 하기 때문이다. 며칠 후 코스타리카에서 한국인 입국금지 조처가 취해졌다. 나는 다음 과테말라 일정까지 일주일을 더 니카라과에서 보내야 했다.

모든 길이 막히다

과테말라는 내가 입국한 다음 날 한국인 입국 금지령이 내려졌다. 나는 몇몇 농장을 둘러보고 새로 수확한 커피를 점검했다. 다음 방문 농장이 있는 우에우에테낭고로 향하던 중 과테말라 대통령의 긴급 담화를 전해 들었다. 그날 자정부터 모든 공항과 국경을 봉쇄하고 대중교통 운행을 중단하며 다중이용시설을 폐쇄하라고 통보했다. 곧바로 많은 여행객과 외국인의 대탈주가 시작되었다. 천여 명이 공항으로 몰려들었고 그중 일부만이 비행기표를 구해 출국할 수 있었다. 과테말라에 와 있던 외국 커피 바이어 친구들이 다급한 소식을 전하며 왜 공항으로 나오지 않느냐고 다그쳤다. 나는 공항이 있는 과테말라시티에서 멀리 떨어진, 휴대폰도 터지지 않는 산에서 내려온 직후에야 소식을 들었다. 어차피 일찍 들었어도 탈출하지는 않았을 것 같다. 해야 할 일이 남아서가 아니라 그간 쇼핑하듯 지나쳐온 산지에서 지금까지와는 다른 시간을 보낼 수 있지 않을까 기대했을 테니 말이다.

나는 국경 폐쇄로 고립된 이후 남은 산지 여정을 모두 포기할 수밖에 없었고 아티틀란 호수가 있는 작은 마을, 파나하첼로 피신했다. 당시 도로 위에서 도시별 출입통제가 시작되었다는 소식을 들었던 터라 최대한 빠르게 가깝고 안전한 곳으로 이동한 것이다.

파나하첼은 과테말라의 수도 과테말라시티에서 서쪽으로 약 150킬로미터가량 떨어진 곳이다. 과테말라 정부의 봉쇄 조처는 지난 일주일 동안 연이어 강화되었다. 항구가 폐쇄되더니 모든 도시 출입 자체가 통제되기 시작했다. 파나하첼도 마찬가지였다. 며칠 전부터는 오후 4시부터 새벽 4시까지 통행금지가 시행되고 있다. 어길 땐 현장에서 체포된다. 그사이 파나하첼에서는 프랑스인 두 명이 폭행당하고 쫓겨났다는 소문이 돌았다. 이번 중미 출장에서 나는 마주치는 사람들이 예전과 달리 흠칫 놀란다는 느낌을 처음 받았다.

4월 초엔 미국 LA에서 귀국 비행기를 타야 하는데 빠르게 늘어나고 있는 미국 내 확진자 수를 생각하면 조만간 미국 입국도 금지될 가능성이 커 보인다. 과테말라를 떠나는 것도, 미국에 입국하는 것도, 귀국하는 것도 지금으로서는 요원한 일이다. 매일 상황이 긴박하게 돌아가고 있다. 나는 이렇게 과테말라에 유폐되었고 새로운 일상이 시작됐다.

파나하첼 스페인어 학원에 등록했다. 하나 마나 한 레벨 테스트를 거쳐 초급반이 되었다. 선생님은 플로린다라는 이름을 가진 마야족 대학생이다. 플로린다는 언제나 이 지역 마야족 카크치켈의 전통 의상을 입고 있다. 과테말라에는 다양한 마야족들이 살고 있는데 쓰는 언어도 다르고 전통의상의 패턴과 색깔도 다르다. 플로린다는 마야족의 역사와 마야족이 사회적 권리를 보장받는 일에 관심이 많다. 16세기 스페인 침략 이후 마야

스페인어 선생님 플로린다.

족은 학살과 전염병으로 인구가 큰 폭으로 감소했고 가톨릭으로 개종을 강요받았으며 마야족 언어를 사용하는 것 또한 제한됐다. 그후에도 2등 국민으로서 제대로 된 교육과 권리를 보장받지 못했고 지금까지 높은 실업률에 불안정하고 낮은 임금의 일들을 도맡고 있다. 플로린다는 자신이 대학을 가고 장학금을 받아 캐나다에 6개월간 어학연수를 다녀올 수 있었던 것은 아주 예외적인 경우라고 말했다. 플로린다는 파나하첼에서 한 시간 정도 떨어진 산골 마을에 사는데 대통령 담화로 모든 대중교통이 운행을 중지하는 바람에 집에 가지 못하고 요즘 학원에 있는 방에서 지내고 있다.

엉터리 스페인어 문장에 담긴 위계

커피 생두를 사겠다며 중미를 오간 지도 11년째다. 몇 번 스페인어를 배우려고 시도했지만 개인 수업은 바쁘다는 핑계로 이어지지 못했고 혼자 짬을 내서 공부하기엔 의지가 부족했다. 지난 일주일 동안 수업을 받으며 한편으로는 하고 싶었던 공부를 할 수 있어서 기뻤고 다른 한편으로는 왜 더 빨리 익히지 못할까 자책했다. 하지만 무엇보다 부끄러웠던 것은 산지의 생산자를 먼저 생각하네, 동등한 입장에서 공정한 거래를 추구하네, 그동안 나의 그럴듯한 말에도 불구하고 정작 그들의 언어를 제대로 배워서 소통하려는 의지가 부족했다는 점이다. 그것은 내 언어 능력이나 시간이 부족해서가 아니라 커피 바이어와 산지 생산자가 시장구조에서 차지하는 위계 문제였다는 것을 이제야 인정한다. 플로린다는 나보고 어휘는 중급에 가까운데 어떻게 문장은 그렇게 엉터리냐며 웃었다. 그동안 나의 어설픈 단어 몇 마디에도 곧잘 알아듣던 생산자들 때문에 스페인어 소통에 큰 문제가 없다고 착각해왔기 때문이라는 말은 차마 할 수 없었다. 대부분의 소통은 권력의 평지에서 이루어지지 않는다. 대화를 나누면서도 누군가는 조금 더 쉽게 말하고, 또 누군가는 조금 더 이해하고 소통하려 애쓰기 마련이다.

수업이 끝나면 근처 크로스로드 카페에 간다. 이곳에서 거의 20년째 로스터리 카페를 운영하는 미국인 마이클이 반갑게 맞아준다. 셧다운 이후로 대부분의 상점이 아예 문을 닫았지만, 마이클은 나 같은 커피 중독자를 위해 가게 문을 살짝 열어놓았다. 마이클은 내가 한국에서 왔다니까, 자신은 '미소'라는 단어를 정말 좋아한다며 주문한 치즈케이크에 딸기잼으로 'Miso'라고 써줬다. 그는 20년이 다 된 에스프레소 기계를 자기가 직접 고쳐 쓰고 있는데 아직 건재하다며 웃었다. 요즘 쿨하고 힙

“필, 미소!”

한 인테리어와 고가의 커피 머신들, 패션 스타 같은 바리스타들이 대세인데, 그는 이 작은 동네의 허름한 카페에서 그만의 낡은 에스프레소 기계와 로스터로 커피를 만들고 있다. 처음 그의 커피를 마시고 너무 맛있어서 깜짝 놀랐다. 지금까지 맛있는 커피를 만들기 위해 나름대로 열심히 노력했지만 '우리 회사는 내가 이 커피 한 잔에서 느끼는 만족과 감동을 고객에게 주고 있는 걸까?' 생각했다. 마이클의 커피에는 내게 없는 무언가가 있다. 그건 무엇일까? 그 비밀이 알고 싶어 나는 매일 그의 카페를 찾는다.

처음 방문한 날, 그는 한국어로 된 만화가 그려진 작은 팸플릿에 'Miso'라고 써서 읽어보라며 건네줬다. 기독교 선교에 관한 내용이 담겨 있었다. 나는 며칠 전 그가 이곳에 오게 된 사연을 우연히 들을 수 있었다. 그는 젊은 시절, 심각한 마약·알코올중독이었고 오토바이광이었는데 죽을 뻔한 사고를 몇 번이나 당했단다. 그러던 중 우연히 파나하첼에 여행 왔다가 아름다운 아티틀란 호수와 따듯한 마을에 마음을 뺏겨 자리잡았는데 그때 그는 이미 독실한 기독교인이었다. 나는 그것이 마이클의 개심인지 변심인지 판단할 수 없지만, 그의 커피가 가진 비밀에 왠지 한 걸음 더 가까워진 것 같았다. 예전의 마이클과 지금의 마이클은 지금 어떤 대화를 나누고 있을까?

마이클의 커피를 마시고 나면 파나하첼 중앙광장에 있는 성당에 들른다. 이 성당의 정식 명칭은 성 프란시스코 아시시 성당이다. 16세기 중반에 세워졌는데 이 지역을 강타한 몇 번의 큰 지진에도 무너지지 않았다. 특이한 것은 성당 곳곳에 마야 문화가 함께 녹아 있다는 점이다. 16세기 당시 가톨릭과 스페인 사람들이 마야인을 자신과 동등한 하느님의 자녀로 보지 않았다는 점을 생각하면 흥미로운 일이다. 당시 한 손에는 총을, 다른 손에는 십자가를 들었던 스페인 사람과 마야인 사이의 거리는 지금 얼마나 더 가까워졌을까. 매일 성당 의자에 잠시 앉아, 기도하는 사람의 뒷모습도 지켜보고 이런저런 생각을 하며 쉬다가 낡은 헌금통에 얼마 되지 않는 지폐 몇 장을 찔러 넣고 나온다. 며칠 전에는 한 사내가 무릎 꿇고 기도를 하고 있었는데 거친 손으로 연신 눈물을 훔치고 있었다. 잠시 그를 위해 기도했다.

스페인어 고급반까지? 오, 멋진 일이다

한낮의 따가운 해가 기울면 자전거 타고 아티틀란 호수에 간다. 해발 1550미터 고도에 자리 잡은 꽤 큰 호수다. 호수 건너편에는 우람한 산페드로, 톨리

만, 아티틀란 화산이 있고 호숫가를 따라 작은 마을들이 흩어져 있다. 요즘은 관광객도 없고 다른 마을로 가는 배편도 중단됐는지 고즈넉해서 노을을 바라보기 좋다. 체 게바라는 멕시코에서 카스트로를 만나 쿠바로 떠나기 전, 과테말라에 8개월 동안 머물렀다. 그는 사회 개혁이 어떻게 힘없이 무너지는지를 목격하며 혁명적 공산주의자로 성장해나갔다. 그는 당시 아티틀란 호수를 보며 "이곳은 혁명가의 꿈도 잊게 만든다"는 말을 남겼다고 한다. 나는 매년 커피 산지에서 서너 달 이상을 보내는데 그러다보니 그만큼 다양한 숙소에서 머물게 된다. 아침 알람 소리에 잠을 깨면 잠시 여기가 어디인지부터 생각한다. 한국에 있을 때조차도. 며칠 전에는 아름다운 아티틀란 호수의 노을을 멍하니 보고 있다가 순간 여기가 어디인지, 내가 왜 여기 있는지 되묻기도 했다. 나는 머물 수도 떠날 수도 없는 호수 앞에 서 있다.

밤이 내린다. 한국 뉴스를 살펴본다. 주식이 폭락하고 환율이 10년 이래 최고치로 치솟았다. 커피 생두를 수입하는 데 오른 환율만큼 가격이 높아질 테니 걱정이 많다. 코로나19 여파가 길어지면서 회사 매출이 많이 떨어졌다. 그래도 직원들이 고생하고 고객들이 찾아줘서 어려운 시기를 잘 견디고 있다. 이곳에서 할 수 있는 게 별로 없다. 이메일로 잔소리를 늘어놓거나 회사에서 보내오는 보고서를 보며 시름한다. 이번에 방문하지 못한 생산자들과 올해 작황과 샘플에 관해 얘기하다가 뜬금없이 언제까지 여기에 있게 될까 가늠해보기도 한다. 그러다 정신이 들면 플로린다가 내준 스페인어 숙제를 한다. 자기 전에는 별이 가득한 하늘도 한번 올려다본다. 그리고 나는 지금 피정避靜, 세상으로부터 잠시 물러나 있다고 생각하며 잠이 든다. 오늘도 이렇게 하루가 지나간다. 매일 여기저기서 늘어나는 확진자와 셧다운 소식이 들려온다. 내일은 장을 넉넉하게 봐놔야겠다. 이러다가 스페인어 고급반까지 듣게 되지 않을까. 오, 멋진 일이다.

2020. 04. 03

누구에게나 공평한 하루

과테말라 대통령의 격앙된 봉쇄령 담화에 숙박업소들이 겁을 먹고 투숙객을 받으려 하지 않았다. 하루에 25달러짜리 에어비앤비를 간신히 구했다. 내가 머무는 숙소는 방이 여러 개인데 지난 일주일 동안 손님이라곤 나밖에 없다. 파나하첼의 관광객과 차량으로 북적이던 산탄데르 거리는 기이할 정도로 적막이 감돈다.

바쁜 사람에게도, 백수에게도 하루는 공평하게 빨리 지나간다. 하루를 보내며 대단한 의미나 보람을 좇지 않는다. 미래를 준비한답시고 오늘의 고통을 감내하거나 지금의 즐거움을 유예하고 싶지 않다. 나는 그저 오늘 하고 싶은 일과 할 수 있는 일을 할 뿐이다. 이곳에서의 생활은 일기를 왜 쓸까 싶을 정도로 똑같은 일상의 반복이다. 아침에 일어나서 간단하게 요기를 한다. 주로 채소를 볶아 계란프라이와 먹는다. 커피를 한 잔 뽑아 스페인어 수업 가기 전에 방문 앞 테라스에 앉아 숙제를 한다. 이때 공작새 호르헤가 주변에 얼쩡거리면 언제 갑자기 꽥 소리를 질러 놀랄지 모르니 마음의 준비를 해야 한다. 수업을 마치면 학원 바로 옆 블록에 있는 크로스로드 카페에서 커피와 케이크 한 조각을 먹고 파나하첼 성당에 가서 멍하니 앉아 있다가 방에 돌아온다. 일주일에 두세 번 장바구니를 옆에 메고 시장에 가서 채소와 과일을 사온다. 저녁은 심혈을 기울여 최대한 맛있게 해 먹으려고 한다. 아무것도 하는 일 없이 지나가는 날들이지만 그래도 하루를 살아냈으니 작은 위로를 받아 마땅하다.

스페인어 선생님 플로린다는 아홉 남매 중 한 명이다. 부모님이 힘들게 농사를 짓는 터라 자식들 모두를 교육할 여건은 안 돼서 플로린다를 빼고 나머지 형제들은 초등학교만 나왔다. 다들 집에서 부모님을 도와 농사짓거나 과테말라 여기저기에 흩어져서 일하고 있다. 공부가 너무 하고 싶었던 플로린다는 백방으로 장학금을 알아보러 다녔다. 플로린다를 기특하게 여긴 교장 선생님이 장학 프로그램을 소개해줬고 기적적으로 대학에 들어갈 수 있었다.

스페인어로 말해서 드문드문 알아들었지만 나는 플로린다 얘기가 마음에 와닿았다. 내게는 부모님과 선생님이 시키는 대로, 대학에 가고 싶어서 공부했고 그후에는 필요하다고 생각하면 큰 어려움 없이 그냥 공부했던 경험이 전부다. 공부는 선택과 의지의 문제였을 뿐, 공부가 너무 하고 싶어서 발을 동동거리고 어린 나이에 장학금을 알아보러 혼자 이곳저곳을 돌아다니는 절실한 마음이란 어떤 걸까. 이제 스무 살. 스페인어뿐만 아니라 배울 점이 많은 선생님이다.

초저녁이 되면 하루의 마지막 커피를 모카포트로 내려 먹는다. 이게 뭐라고 지난 16년을 미쳐서 보냈나, 그러다 여기 갇혔는데 또 커피를 내려 마시고 있나, 생각한다. 커피를 다 내리면 근처 어디선가 일하고 있는 알마를 불러 같이 마신다.

내가 머무는 숙소의 주인인 알마. 내가 스페인어를 잘 알아듣는 것도 아닌데 마주치면 한참이나 말을 건넨다. 마치 내가 그녀의 말을 다 알아듣기라도 하는 것처럼. 아는 단어 약간과 상황으로 넘겨짚으며 하는 대화란 어찌나 아슬아슬하고 흥미로운지. 차고에 먼지를 뒤집어쓴 BMW가 있던데 누구의 차냐고 물었더니 동생 차인데 암에 걸려 아직 병원에 있다고 한다. 이럴 때 스페인어로 어떤 말을 해야 하는지 나는 아직 배우지 못했다. 한국어였어도 마찬가지였을 것이다. 온종일 쉬지도 않고 일하는 부지런한 알마가 세차를 차마 못하는 이유다.

오늘은 웬일인지 두 방이나 손님들이 들었다. 그동안 관광객이나 외국인 손님은 나 빼고 한 명도 없었다. 일 때문에 잠깐씩 오가는 사람들이 통금 때문에 어쩔 수 없이 하룻밤 머물고 새벽 일찍 떠나는 경우가 대부분이었다. 숙소는 단층 건물인데 일렬로 방 여섯 칸이 있다. 어떤 방 앞에 차가 있으면 손님이 온 것이고 차가 없으면 떠난 거다.

손님이 떠나면 알마가 열심히 방 청소를 한다. 그제야 나는 정말 그 손님이 떠났다고 생각한다. 1년 내내, 아니 훨씬 더 오랫동안 매일같이 손님을 기다리고, 반기고, 살피고, 떠나보내는 일은 어떤 것일까 생각해본다. 가끔 알마는 여기 묵었던 손님들 얘기를 해준다.

"네가 오기 하루 전에 매년 방문하는 프랑스 노신사가 부랴부랴 짐을 싸서 공항으로 갔어. 자전거 선수라던 이탈리아 청년도 마찬가지야. 방이 모두 비고 셧다운이 시작되던 날 네가 왔지. 가끔 한국 사람도 와서 묵곤 해. 몇 달 전에는 잡지사 기자라는 사람이 와서 며칠 있었고, 그전에는 배낭여행객도 몇몇

다정하고 세심한 게스트하우스 주인 알마.

있었어. 하지만 너처럼 기약 없이 머물지는 않았지 다들."

그 얘기를 듣고 있으니, 알마가 앞으로 올 손님들에게 내 이야기를 이렇게 조곤조곤하게 해주는 장면이 그려졌다. 나도, 그들도 마침내 또 떠나면 알마는 다시 방을 청소할 테지. 그리고 그다음에 올 또 누군가에게 그런 손님이 있었노라 기억을 더듬어 조용히 얘기하겠지.

알마는 다정하고 세심한 사람이다. 내가 밤에 식당에 물 마시러 가는 것을 본 다음날엔 내 방에 물병과 컵을 갖다주고, 내 방을 청소하다가 더운데 왜 얘기 안 했느냐며 선풍기를 놓아준다. 내가 식당에서 눌어붙은 프라이팬을 박박 긁으며 설거지하는 걸 보고는 자신이 집에서 쓰는 프라이팬을 가져다놓는다. 늘 고마운 마음뿐, 내가 해줄 수 있는 게 별로 없다. 식당을 깨끗하게 쓰는 것과 하루에 한 번 커피 내려주는 것이 고작이다. 알마는 크로스로드 카페에서 사온 원두로 만든 커피를 좋아한다. 저녁에 커피를 내렸는데 알마가 없으면 잔에다 커피를 부어놓고 나온다. 다음날 아침에 만나면 알마는 커피 정말 맛있었다며 고맙다고 잊지 않고 말해준다. 별것 아닌 커피 한 잔에 말로 다하지 못한 마음을 조금이나마 담을 수 있어서 얼마나 다행인지 모른다.

식당에 있던 오래된 법랑 머그잔은 여기서 쓰는 내 전용 컵이다. 매일 이 컵에 커피를 마신다. 잘 보면 여기저기 에나멜이 벗겨지고 깨진 곳이 많다. 이 컵은 여기서 얼마나 오랫동안 많은 사람의 손에 쥐여 그들의 목마름과 즐거움을 헤아렸을까. 예전에 회사에서 판매하는 법랑 머그잔 홍보용 카피를 "흠집 나고 해져도 늘 당신 곁에"라고 쓴 적이 있다. 법랑 머그잔 팔아보겠다고 쓴 문구인데 곰곰이 생각해보니 좀 먹먹하다.

저녁을 해 먹으려고 느지막이 부엌에 갔다가 적잖이 놀랐다. 옆방에 새로 들어온 사람이 프라이팬에다가 쌀밥을 해놓은 것이다. 냄비도 많은데 왜 하필 프라이팬에다가? 밥 상태를 보니 타지도 않고 잘된 것 같다. 왠지 요리 고수의 향기가 풍겼다. 이곳에서 지낸 후로 쌀밥을 한 번도 안 먹었는데 막상 눈에 보이니까 먹고 싶어졌다. '내가 끓인 채소잡탕국과 나눠 먹자고 말할까?' 갈등하는데 그가 들어온다. 얇은 티셔츠를 입었는데 체격이 다부지고 근육이 많다. 인사를 주고받는다. 테이블에 앉더니 식빵과 콘플레이크를 꺼내 우유와 먹는다. 밥 해놓고 왜 안 먹느냐고 물어보고 싶지만 역시 잘 참았다. 모든 것이 셧다운되어 여기 일이 있어 온 사람들도 다들 집으로 돌아갔는데 여행객도 아닌 듯 보이는 그는 왜 이곳에 계속 머무는 걸까. 정체를 알 수 없는 친구다. 하지만 나는 이제 그의 정체보다 프라이팬 밥의 비밀이 더 궁금하다. 저녁은 소바를 삶아서 간장을 뿌려 먹었다. 아보카도와 토마토도 곁들여서. 채소잡탕국은 다음날 먹으면 간이 잘 배어 더 맛있으므로 먹지 않고 참기로 했다.

밤에는 비가 오고 천둥 번개가 쳤다. 이곳에서 처음 보는 장대비다. 내 방은 천장 두께가 얇아 늘 덥다. 내심 불만이었는데 오늘 천장을 통해 울리는 빗소리가 너무나 황홀해서 더는 불평하지 않기로 했다. 이제 자야지. 이렇게 유배지에서의 하루가 또 지나간다.

2020. 04. 10

단순한 일과가 던지는 질문

알람이 아니라 공작새가 꽥 하고 우는 소리에 아침잠을 깰 수 있다는 것은 기이한 경험이다. 부랴부랴 숙제를 마치고 스페인어 학원에 갔다. 선생님이 오늘부터는 아침부터 정오까지만 시장이 열리고 일요일은 문을 닫는다는 소식을 전해줬다. 11시 55분에 수업이 끝나서 부리나케 시장으로 달려갔더니 벌써 경찰들이 시장 상인들을 철수시키고 있다. 과일과 야채가 떨어져서 장을 봐야 했는데, 망했다. 터벅터벅 걸어 크로스로드 카페에 갔다. 마이클은 이제 내가 주문을 안 해도 알아서 더블 에스프레소와 설탕을 건네준다. 치즈케이크를 달라고 했더니 지금 준비한 케이크가 하나도 없다며 화요일에 오란다. 일요일과 월요일은 잠을 자야 해서 카페 문을 닫는다고 한다. 망했다. 마음의 평화를 되찾기 위해 성당에 갔다. 마침 종을 치고 있었는데 아름다운 성당과 어울리지 않게 종소리가 무척 시끄러웠다. 성당에서 경종을 울리다니, 종을 바꿔주고 싶었다. 방으로 돌아와 지겨운 이메일과 씨름했다.

점심을 먹으려고 공용 부엌으로 갔다. 어제 남은 두부를 야채와 함께 부치고 파스타에 스크램블을 올려 먹었다. 부엌에 있는 프라이팬이 낡아서 하는 요리마다 눌어붙는다. 이곳에서의 계란프라이는 늘 스크램블이 된다. 그래도 매일 먹으니까 스크램블에 정이 들 지경이다. 정이고 나발이고 맛은 없다. 오늘은 알마가 외출했는지 온종일 보이지 않는다. 내일은 알마한테 모카포트로 맛있는 커피를 만들어주리라. 점심 먹고 빈둥거리며 저녁이 오기를 기다렸다. 오늘은 어제보다 더 일찍 호숫가로 갔다. 하지만 역시나 간발의 차이로 노을을 보지 못했다. 망했다. 백수가 제일 바쁘다더니 요즘 하루가 정말 빨리 간다. 매일같이 여기저기에서 섯다운 소식들이 들려온다. 조만간 미국이 입국금지를 시행할 것 같다. 이곳에서의 유배가 생각보다 길어질 것 같다. 커피 사러 왔다가 갇혀버리다니. 숙소 앞 구멍가게에는 요리할 만한 재료가 계란밖에 없었다.

다음날 아침 7시에 시장을 찾았다. 싱싱하고 좋은 과일과 채소가 많아서 살 때 욕심을 좀 부렸다. 망고와 아보카도가 개당 우리 돈으로 300원밖에 안 한다. 토마토와 바나나도 정말 맛있다. 걸어서 3분 거리에 이런 시장이 있다는 것은 그동안 내가 서울에 살며 알지 못했던 소소한 행복이다. 매일 반복되는 단순하고 차분한 일과는 지금까지 해보지 못한 생각과 경험하지 못한 시야를 열어줬다. 세상으로부터 한발 뒤로 물러나 나 자신과 과거를 돌아본다. 앞으로 어떻게 살아야 할까 하는 질문을 태어나서 거의 처음으로 진지하게 해본다. 그렇다고 뾰족한 수가 나오는 것은 아니지만. 결심과 계획은 자괴감을 증폭시킬 것이 뻔하니까 되도록이면 세우지 않는다.

부엌에 오갈 때면 새장의 앵무새, 아르투로와 안부를 주고받는다. 스페인어 실력이 나보다 낫다. 공항 및 국경 폐쇄 조치가 더 연장될 것 같다는 소문도, 곧 끝난다는 소문도 있다. 내가 여기 갇힌 것을 알고 외국 친구들이 괜찮냐며 안부를 묻는다. 고마운 일이다. 나는 이곳에서 잘 지내고 있다. 금요일 밤이 지나간다. 풀벌레 소리가 들린다. 오늘은 동네 개들도 쉬는지 조용하다. 천장에서는 정체 모를 가루가 계속 떨어지고 있다. 알 수 없는 것은 알고 싶지 않다.

CARNICERIA LA PREFERIDA
CARNICERIA Y POLLERIA
LOS CHEPITOS
10
CARNICERI
EL BUEN GUST
Sitegroo

2020. 04. 11

다른 손님의 사연을 궁금해하지 말라

오늘도 시장에 가려고 아침 7시에 일어났다. 늦게 가면 좋은 채소와 과일을 살 수 없다. 역시나 시장 입구에서 체온 체크를 하고 있고 마스크를 착용해야 입장할 수 있다. 여기에서는 아무도 흰 마스크를 쓰고 있지 않다. 장담하는 건, 이곳 사람들은 한번 산 5케찰짜리 마스크를 셧다운이 끝날 때까지 버리지 않으리라는 사실이다. 5케찰이면 대파가 다섯 단이기 때문이다. 그래도 시장에는 활기가 돈다. 상인들은 대부분 마야족 전통 의상을 입고 있다. '치노'라고 내게 더 싸게 줄 리 만무하지만, 채소와 과일 가격이 무척 싸다. 오늘은 이곳 사람들이 우유망고라 부르는 노란색 망고를 좀 샀는데 작긴 하지만 하나에 1케찰이 조금 넘어, 우리 돈으로 200원이다. 하루에 두 개씩만 먹어야지. 시금치가 김장 배추처럼 거대했는데 국 끓여 먹으려고 샀다. 대파, 아보카도, 케일, 버섯까지 잔뜩 샀더니 에코백이 벌써 하나 가득이다.

맛있는 녀석들을 잔뜩 메고 크로스로드 카페에 갔다. 마이클이 활짝 웃으며 반겨준다. 짐을 의자 아래 내려놓고 더블 에스프레소와 치즈케이크 한 조각을 마주한다. 물론 커피와 케이크도 맛있지만 매일 아침 이곳에 들러 주인장과 가벼운 안부를 묻고 잠시 바에 앉아 있는 시간은 점점 각별해지고 있다. 돌이켜보면 이렇게 자주 방문하면서 편하게 시간을 보낸 카페는 16년도 더 지난 안암동 보헤미안이 마지막이었다. 한참을 손님으로 다니다 결국 거기서 커피 일을 시작했고 여기까지 왔다. 오늘은 오랜만에 점장님께 안부 메시지를 보냈다. 돌아온 건 역시나 쿨하고 짧은 답장.

부랴부랴 스페인어 숙제를 마치고 학원에 갔다. 진도는 빨리 나가는데 복습을 안 해서 모든 것이 새롭다. 배웠다는 것만 기억나는 상태랄까. 스페인어를 아직 잘 모르지만 여태껏 내가 배운 언어 중에 제일 매력적이다. 잘하고 싶은 욕심이 생기는 언어다.

한 것도 없는데 벌써 저녁이고 배가 고프다. 아침에 산 시금

치를 몽땅 넣고 국을 끓였다. 멸치를 안 넣어서 국물맛이 좀 아쉽지만 그래도 맛있다. 알마가 오늘 채반을 빌려줬다. 내일은 간장 국수를 해 먹어야겠다. 바로 옆방에 새로 손님이 왔는데 문풍지처럼 얇은 벽 너머로 그의 거친 숨소리까지 전해진다. 중년 아저씨인데 그래도 나보다 어리지 싶다. 큰 소리로 웃고 떠들며 여자친구와 전화를 한 시간 동안 한다. 스페인어 듣기 훈련에 많은 도움이 될 것 같다. 조금 신경쓰이는 것은 그동안 내가 독차지했던 냉장고와 부엌에 그가 음식 재료들을 잔뜩 가져다 놓은 것이다. 이제 전쟁이다. 저녁에 그와 함께 도마와 칼을 나누어 쓰고 나란히 가스레인지 앞에 서서 서로의 요리를 넘겨다볼 생각을 하니 기대가 크다. 음식 문화라고는 토르티야와 콩죽밖에 모를 것 같은 '아미고amigo'에게 지금까지 경험하지 못한 미각적 경험과 음식 문화를 소개해야겠다. 계란을 세 판이나 사놨던데 뭘 하려는 것인지 모르겠다. 이 부엌에서는 스크램블밖에 안 된다는 것을 아직 모르고 있겠지. 하하하.

여기는 동네 개들이 너무 많고 요란스러워서 고양이가 별로 없다. 가끔 보이긴 하는데 높은 곳으로만 조심스럽게 다니고 사람 곁으로 오지 않는다. 집에 두고 온 고양이 호피와 베라가 생각난다. 벌써 나를 잊었겠지. 하지만 괜찮다. 더 좋은 집사가 될 절호의 기회다. 옆방 손님 핸드폰에 메시지가 왔는데 확인을 안

해서 계속 진동이 울린다. 그는 어떤 사연으로 이곳에 머물게 된 걸까. 많은 영화가 으레 이렇게 시작하지 않나? 그리고 그 사연을 궁금해하는 사람이 제일 먼저 죽는다.

2020. 04. 14

마음이 출렁였다

내 생일날에 미항공우주국NASA 허블 망원경에 찍힌 우주 사진을 인터넷에서 찾았다. 마젤란 성운에서 새 별들이 탄생하는 장면이란다. 저 장면은 어쩌면 수십만 년 전에 그곳을 출발한 빛일지도 모른다. 어렸을 때 우주에 대한 책을 읽다가 '별빛이 지구에 오는 데 걸리는 시간'이라는 표현이 이해가 안 갔다. 아버지의 설명을 듣고 굉장히 충격받았던 기억이 난다. 그뒤로 별을 볼 때마다 지금 저 별은 이미 사라졌는데, 빛은 그것도 모르고 멀리도 달려왔을 수 있겠다는 생각이 들어 조금은 슬프다. 인생의 유한함을 느낀달까.

오늘은 월요일. 숙제와 짧은 복습을 하고 스페인어 학원에 갔다. 너무 조용하고 어두워서 평소와 다른 분위기였다. 사무실 직원이 어제 코로나19 관련 대통령 담화로 셧다운이 강화되어 오늘부터 학원 문을 닫는다고 했다. 언제까지 닫느냐고 물으니 모른다고 했다. 수업 시작하면 메일로 연락달라고 부탁하고 뒤돌아 나오는데 발걸음이 잘 떨어지지 않았다. 공항과 국경이 갑자기 폐쇄되었어도, 셧다운이 3주째 연장되었어도 아무렇지 않았는데 오늘은 마음이 무척이나 출렁였다.

교과서와 공책을 손에 들고 터덜터덜 걸어 성당에 갔다. 부활절이 끝나서일까, 웬일인지 성당에는 아무도 없었다. 잠시 멍하니 앉아 있다가 100케찰을 헌금함에 넣고 나왔다. 월요일이라 문을 열지 않는 것을 알았지만 괜히 크로스로드 카페에 가봤다. 열리지 않을 문 앞을 두어 번 서성이다가 숙소로 돌아왔다. 오늘은 정말 아무것도 하고 싶지 않았다. 온종일 누워서 음악만 들었다. 오후엔 옆방에 아미고가 새로 들어왔다. 낡은 차를 타고 왔다. 아주 낡은.

2020. 04. 19

평범하게, 위대하게

지난주에 마이클이 내게 뜬금없이 좋아하는 색이 뭐냐고 물었다. 보라색이라고 답했다. 무슨 심리테스트 같은 건가 했는데 별 말이 없길래 그냥 지나갔다. 며칠 전 더블 에스프레소 두 잔과 당근 케이크를 먹고 일어서는데 마이클이 잠깐 기다리라고 했다. 그는 마대자루 같은 것을 주섬주섬 꺼내더니 펜으로 그 위에 무언가를 써서 바 밖으로 가지고 나왔다. 커피 생두 담는 포대에 이 지역 마야족의 전통 문양을 덧댄 가방이었다. 가방 안쪽에 메시지를 적었다며 선물이라고 건네줬다. 뜻밖이었고 고마웠다. 나는 해준 것도 없고 줄 것도 없는데. 고맙다는 말만 몇 번이고 반복하다 여느 때처럼 "미소!"라고 외치며 카페를 나

마이클이 선물한 커피 포대로
만든 마야 문양 가방.

왔다.

크로스로드 카페에서 파나하첼 성당까지는 한 블록이 채 되지 않는다. 성당 의자에 앉아 가방 안감을 뒤집어 마이클이 써준 문구를 살폈다. 보라색 천이라 글씨가 잘 보이지 않았지만 "올해 우리를 만나게 해준 코로나바이러스를 기념하며"라고 쓰여 있었다. 별것 아닌 말인데 읽다가 순간 뭉클해서 혼났다. 나이가 들면서 내가 더 지혜로워진다거나 인격적으로 성장하고 있다는 느낌은 들지 않는다. 부끄러운 일이다. 하지만 최근에야 확실히 알게 된 것이 있다. 내가 가진 긍정적인 면이 내가 타고 나거나 노력해서 얻은 것보다는 내 주위 사람들의 관심과 애정, 기도와 응원, 지원과 연대에 힘입어 갖게 된 것이라는 점이다. 예전에는 바보같이 이런 것을 당연하거나 대수롭지 않게 생각했다. 감사하며 돌아보며 살아야겠다고, 마이클이 준 가방 덕분에 생각해본다.

크로스로드에는 오늘따라 손님이 많다. 마이클은 혼자 일하느라 정신이 없어 보인다. 눈인사만 하고 나는 바 구석에 자리를 잡는다. 마이클이 내 주문을 받을 때까지 조용히 기다린다. 그가 에스프레소 기계의 레버를 활시위처럼 잡아당겨 커피 만드는 모습을 지켜보길 좋아한다. 마이클은 내가 주문도 안 했는데 에스프레소를 불쑥 내밀었다.

"치즈케이크도 줄까?"

"그럼."

"오늘은 이게 아침이야?"

"응."

'왜 이렇게 맛있는 걸까?' 감탄과 반성을 오가며 홀짝이다보면, 어라! 잔이 비어간다. 옆에 앉은 손님이 마시고 있는 아이스 라테가 맛있을 것 같아 두번째 커피를 주문한다. 그사이 손님들은 하나둘 인사를 남기며 떠나고 나 혼자 남았다. 아이스 라테가 나왔다. 여기서는 처음 먹어보는 메뉴다. '이건 또 왜 이렇게 맛있지?' 계산하려고 자리에서 일어나 100케찰 지폐를 내밀었다.

"오늘은 너한테 돈 안 받을 거야. 내일이 내 생일이거든. 내일이면 쉰다섯 살이야. 그리고 이곳에 온 지 딱 20년 되는 날이지. 필, 너는 커피 일 한 지 얼마나 됐어?"

"16년."

"나는 32년째야. 스물두 살 때 처음 샌프란시스코에 작은 카페를 냈었지. 그때는 지금처럼 카페가 많지 않았어."

32년이면 1988년. 지금까지 내가 커피 일을 한 시간의 딱 두 배다. 나는 마이클이 32년 동안 현장에서 바리스타와 로스터로 일해온 것도, 아직도 일하며 저렇게 즐겁고 생기 넘치는 것도 신기했다. 깊이 존경한다. 정말 쉽지 않은 일이다.

"너도 로스팅한다고 했지? 내 로스터 보여줄게. 이리 와봐."

엄청 엉성하고 낡은 기계였다. 브랜드도 없고 그냥 동네 공방에서 뚝딱뚝딱 만든 것 같았다. 10킬로그램짜리 로스터이고 계속 고쳐서 쓰는데 이번에 자신이 새로 아이디어를 내서 고친 부분을 보라며, 신이 나서 자랑하는데 얼굴에 장난기가 가득하다. 로스팅중 원두를 꺼내 살피는 샘플러가 망가져서 공구 플라이어를 물려 뽑아 쓴다며 껄껄 웃는다. 로스터는 총 3500달러를 주고 만들었다고 한다. 한국에서 보통 판매하는 가격의

10분의 1도 채 되지 않는다. 낡고 조악한 로스터로 그렇게 맛있는 커피를 로스팅하다니, 32년 업력이 괜한 것은 아니다. 비싸고 유명한 브랜드의 최신 모델이 아니면 맛있는 커피를 만들 수 없다고 믿는 우리는 무언가 놓치고 있는 건 아닐까.

마이클은 자리로 돌아와 에스프레소 기계 아래 연결된 페달을 힘차게 밟는다. 이 기계는 모터가 따로 없어서 보일러에 물을 넣으려면 매번 페달을 밟아야 한다. 보일러 가열은 요즘 모델처럼 전기가 아니라 가스버너로 한다. 20년 전 전기 없는 오지에서도 작동할 수 있게 만든 에스프레소 기계다. 마이클은 이 기계도 자기가 직접 고쳐 쓰고 있는데 자신처럼 아직 건재하다며 웃었다. 그는 이 작은 동네의 허름한 카페에서 낡은 에스프레소 기계와 로스터로 20년째 파나하첼 사람들이 사랑하는 커피를 만들고 있다.

마이클이 갑자기 물었다.

"필, 커피에서 뭐가 제일 중요하다고 생각해? 한 단어로 말해줄 수 있어?"

"글쎄……"

"나는 관계라고 생각해. 손님과 나, 나와 커피 생산자, 나와 커피로 만나고 이어지는 모든 것들."

이것은 불교의 연기설인가, 프랑스 후기구조주의의 타자성,

혹은 주체구성론인가, 그도 아니라면 인도 구루의 지혜인가.

"마이클, 생일 축하해. 커피 고마워. 즐거운 주말 보내. 미소!"

"미소, 필."

오늘도 마이클 덕분에 기분좋은 하루를 시작할 수 있었다. 마이클에게 줄 생일 선물이 마땅치 않아서, 그에게 어울릴 법한 헌사를 하나 떠올려봤다.

'평범하게, 위대하게.'

마지막 유배일기, 그러나 새롭게 시작될 이야기

오늘이 유배 마지막날이다. 내일모레 미국으로 떠나는 특별 전세기 티켓을 구했다. 원래 미국 시민들의 귀국용 비행기인데 미국 도착 후 스물네 시간 이내에 출국한다는 조건으로 탑승이 허락됐다. 공항은 아직 공식적으로 폐쇄 상태다. 몇 시간 후, 새벽 5시에 특별 통행권을 가진 개인 차량으로 과테말라시티에 있는 공항으로 간다. 오늘은 파나하첼에서 보내는 마지막 밤이다. 마음이 요동쳐 어젯밤 잠을 제대로 이루지 못했다. 이곳에서 보낸 50일 동안 정이 많이 든 것 같다. 오늘은 보이는 것마다 다 마지막이라는 생각에 하루가 휘청였다.

아침 일찍 일어나 크로스로드 카페에 갔다. 마이클은 선물이라며 박스에서 머그잔을 꺼내 보여줬다. 박스 네 면에 작별인사가 빼곡하게도 적혀 있다. 읽으면 울컥할까봐 읽지 않았다. 마이클이 같이 사진 찍자며 바 안으로 들어오라고 했다. 사진 찍고 나가려는데 너를 위해 기도해도 되겠느냐며 양손을 내 어깨에 올렸다. 우리가 만난 것에 감사하며 안전하고 건강하게 집에 돌아가게 해달라는 짧은 기도였다. 방으로 돌아오며 내가 누군가를 위해 기도건, 치성이건, 마음속 바람이건, 이렇게 간절히 기도했던 적이 과연 언제였나 생각했다.

내일 떠난다니 한국인들이 파나하첼에서 운영하는 카페 로코 식구들이 점심식사에 초대했다. 일주일에 한 번 놀러가서 같이 점심 먹고 수다 조금 떨다가 돌아오는 것이 다였지만, 로코 식구들은 마음의 든든한 버팀목이었다. 이곳에서 지내는 동안 여러 도움을 받았다. 내일 공항으로 가는 차량도 수소문해서 잡아줬다. 김진영 대표와 여섯 명의 멤버들. 아무리 생각해도 모두 제정신이 아니다. 과테말라 파나하첼까지 와서 카페를 열다니. 대단한 용기와 신뢰, 희생, 비전이 없으면 못할 짓들을 벌이고 있는 무리다. 존경하고 응원한다.

숙소로 돌아와 성당에 갔다. 웅장하지도 대단하지도 않은 수수한 성당이다. 의자에 앉아 짧게 기도했다. "이곳에서 보낸 시간과 내가 받은 따듯함에 감사합니다." 성당에는 오늘따라 아무도 없어 고요했다. 거의 매일 왔지만 정작 머무는 시간은 10분이 채 되지 않았었다. 하지만 이 의자에 앉아 느꼈던 매일의 평온함과 평화는 내게 하루하루의 의미가 되어 반짝였다. 누군가 켜놓은 촛불 앞 헌금함에 100케찰을 넣고 나왔다.

자주 가는 구멍가게에서 환타와 감자칩을 샀고 늘 하던 대로 테라스에 앉아 먹었다. 내가 이곳에서 누렸던 이 작은 사치도 마지막이라는 생각이 들었다. 노트북을 켜고 밀린 메일에 답을 한다. 성가시다. 해야 하는 일이지만 오늘만큼은 그냥 이곳에서

“이곳에서 보낸 시간과 내가 받은 따듯함에 감사합니다.”

의 마지막 하루에 좀더 집중하고 싶다는 생각이 머릿속을 떠나지 않는다.

알마가 지나가다 나를 보고 온다.

"내일 아침 일찍 5시에 떠납니다. 그동안 정말 감사했어요. 내년에 돌아올게요."

"떠난다니 아쉽네요. 나도 고마웠어요. 안전하게 잘 돌아가고 내년에 다시 만나요. 내년에는 새로 짓는 숙소에 머무르게 될 거예요. 차오(안녕)!"

나는 돈 내고 머무는 손님이었지만 한 번도 알마가 나를 손님으로 대한다고 생각하지 않았다. 알마는 언제나 나를 헤아리고 보살폈다. 아침에 마이클한테 산 커피 원두 한 봉지를 드렸다. 커피에는 마음을 담을 수 있으니까.

자, 저녁때가 되었으니 이제 유배 식당으로 간다. 마지막 요리다. 채소, 양념, 스파게티면, 계란, 우유까지 남은 재료가 많다. 새로운 손님들이 곧 해치워주겠지. 양배추, 마늘, 호박, 감자, 파, 버섯을 썰어넣고 된장과 간장으로 간을 맞춰서 한 사발 가득 먹었다. 특별할 것 없지만 여기서 가장 많이 해 먹었던 음식이다. 간단하지만 늘 만족스러웠다. 설거지하고 모카포트로 커피를 뽑아 알마에게 줄 커피를 잔에 따라놓고 유배 식당을 나왔다.

공작새 호르헤와 앵무새 아르투로야, 다시 보자. 시끄럽고 또 시끄러웠지만 예쁜 녀석들아. 이곳의 파수꾼 멍멍이들아, 내년에 만날 때 날 잊고 짖으면 안 돼. 알마 곁에서 건강하게 이곳을 지키고 있으렴.

유배지에서의 마지막 밤이 흐른다. 바람이 불고 모기가 날고 멀리서 개들이 짖는다. 내가 처음 이곳에 온 날과 아무것도 달라지지 않았다. 내 마음의 지분을 얼마간 이곳에 두고 떠난다. 다시 찾으러 올 것이다. 차오.

커피를
좋아하면
생기는
일

1판 1쇄 2020년 12월 10일
1판 5쇄 2021년 10월 22일

지은이 서필훈

책임편집 황은주 | **편집** 박영신
디자인 이현정 | **마케팅** 정민호 양서연 박지영 안남영
홍보 김희숙 함유지 김현지 이소정 이미희
제작 강신은 김동욱 임현식 | **제작처** 영신사

펴낸곳 (주)문학동네 | **펴낸이** 염현숙
출판등록 1993년 10월 22일 제406-2003-000045호
주소 10881 경기도 파주시 회동길 210
전자우편 editor@munhak.com
대표전화 031) 955-8888 | **팩스** 031) 955-8855
문의전화 031) 955-2655(마케팅) 031) 955-1913(편집)
문학동네카페 http://cafe.naver.com/mhdn | 트위터 @munhakdongne
북클럽문학동네 http://bookclubmunhak.com

ISBN 978-89-546-7620-5 03810

www.munhak.com